Renate & Uwe H. Sueltz

AF187976

Mission X

Auf der Suche was vor dem Urknall war!

Plus 11 weitere Science Fiction Kurzgeschichten!

In search of what was before the big bang!

11 more science fiction short stories!

BoD - Books on Demand

Norderstedt, Germany 2019

Bibliografische Information durch die Deutsche Nationalbibliothek

Die Deutsche Nationalbibliothek verzeichnet diese Publikation in der Deutschen Nationalbibliografie; detaillierte bibliografische Daten sind im Internet über http://dnb.dnb.de abrufbar.

Dear readers and friends! We, Renate and Uwe H. Sültz, are absolute newcomers to English books. Hopefully, Google Translate will do its job well. However, we correct the punctuation. We would like to be read. If you have forgotten the reading glasses, that does not matter, because SUELTZ BOOKS are printed in large letters. Thank you for your interest Renate & Uwe H. Sültz

Herstellung und Verlag: BoD – Books on Demand, Norderstedt, Germany

ISBN 9-78374-9-48093-7

UFO Logbuch

Meine UFO-Sichtungen

Sültz Bücher

Inhalt:

06: *Mission X - Was war vor dem Urknall?*

28: **Das Weiße im Schwarzen Loch**

38: **Die Erfindung des Körper-Transporters**

50: *Ein Gruß aus dem Nichts*

56: **Mission BIG BANG**

64: **Nano-Lebewesen aus dem All**

72: *Verschollen im Nichts*

82: **SCHATTENWESEN**

92: **Hoka Hey**

98: **VERLOREN IM UNIVERSUM**

108: Rettungsmission außerhalb aller Grenzen

116: **Das Auge**

Content:

07: Mission X - What was before the big bang?

29: *The white in the black hole*

39: The invention of the body transporter

51: A greeting from nowhere

57: **Mission BIG BANG**

65: Nano-living things from space

73: Lost in Nothingness

83: Shadowen beings

93: **Hoka Hey**

99: **Lost in the universe**

109: Rescue mission outside all borders

117: **The eye**

Mission X – Was war vor dem Urknall?

New York 2066 - Vassar College –

„Wir kommen nur zum Ziel, wenn wir Ursache und Wirkung aus unserem Denken verbannen. Ich sehe einen Fluss, der kommt zustande, weil es regnet. Der Regen kommt aus Wolken, die über den Meeren durch Wärme entstehen. Die Wärme schickt die Sonne. Die Sonne, unsere Erde, ja, die gesamte Materie entstanden und entstehen noch im Weltall. Das Weltall entstand beim Urknall, dem Big Bang. Und der Big Bang, dieses vielleicht nur stecknadelgroße Ding, entstand ... tja, das meine lieben Zuhörer gilt herauszufinden. Mithilfe der Weltraummission eLISA, Evolved Laser Interferometer Space Antenna, die wir 2034 ins All gestartet haben, können wir nun mit den Daten genau sagen, wo der Urknall stattfand. Es lassen sich nun die Gravitationswellen messen, die vom Big Bang übriggeblieben sind. Kommen wir nun zu den verschieden Theorien. Ich beginne mit der Planck-Dichte ... ... ", und Professor Hendricks fuhr später fort. „Wichtig ist, dass der Urknall nicht in einem bereits vorhandenen leeren Raum stattfand. Mit ihm entstanden erst Raum, Zeit und Materie. Es muss ein unendlich kleiner Punkt gewesen sein, wir nennen es Singularität, wobei sich die Raumzeit so sehr um das Objekt gekrümmt hat, dass eine Größenangabe nicht möglich ist.

Mission X - What was before the Big Bang?

New York 2066 - Vassar College –
"We only reach our goal when we banish cause and effect from our thinking. I see a river coming, because it is raining. The rain comes from clouds, which arise over the seas by heat. The heat sends the sun. The sun, our earth, yes, the whole matter originated and still arise in the universe. The universe was created at the Big Bang, the Urknall. And the Big Bang, this maybe just a pin-sized thing, was born ... well, my dear listeners have to find out. Using the space mission eLISA, Evolved Laser Interferometer Space Antenna, which we launched into space in 2034, we can now tell exactly where the big bang took place. You can now measure the gravitational waves left over from the Big Bang. Let us now turn to the different theories. I start with the Planck density ... ... ", and Professor Hendricks continued later.
"It is important that the big bang did not take place in an already empty space. Only space, time and matter were created with him. It must have been an infinitely small point, we call it singularity, where the space-time has curved so much around the object that a sizing is not possible.

Singularitäten innerhalb eines normalen Schwarzen Lochs, sind von einem Ereignishorizont umgeben. Ob auch Singularitäten ohne Ereignishorizont, sogenannte Nackte Singularitäten, existieren, ist irgendwann einmal festzustellen."

Unter den Studenten war die ehrgeizige Lydia McCormick. Ihr Ziel war die Erforschung was vor dem Urknall war. Ebenfalls reizte es sie unendlich, herauszufinden, ob es sich beim Urknall um eine Nackte Singularität handelte. Das heißt, um den Urknall herum spielte sich nichts ab. Bei einem Schwarzen Loch ist das ja der Fall. Dazu musste sie lernen, genauso wie es Professor Hendricks sagte, dass wir Ursache und Wirkung aus unserem Denken verbannen.

Im Laufe vieler Jahrzehnte entwickelte McCormick Theorien, die viele ihrer Kollegen für Hirngespinste hielten. So war es ihre Ansicht, dass der Raum, der sich ja ständig ausdehnt, mit einer Erinnerungssignatur behaftet ist. Soll heißen, die Erde dreht sich um die Sonne. Die Sonne um das Schwarze Loch in unserer Milchstraße. Das ganze bleibt aber nie an der gleichen Stelle, sondern driftet von anderen Galaxien ab. Jeden Tag, jede Stunde, jeden Minute und jede Sekunde befinden wir uns in einem jungfräulichen und nicht programmierten Raum.

Singularities within a normal black hole are surrounded by an event horizon. Whether or not singularities exist without an event horizon, so-called naked singularities, can be determined at some point."

Among the students was the ambitious Lydia McCormick. Her goal was to research what was before the Big Bang. Also, it infuriates her endlessly to find out if the big bang was a nude singularity. That is, nothing happened around the big bang. That's the case with a black hole. To do that, she had to learn, just as Professor Hendricks said that we banish cause and effect from our thinking.

Over the course of many decades, McCormick developed theories that many of her colleagues thought were puzzles. So it was their view that the space, which is constantly expanding, is afflicted with a memory signature. That is, the earth revolves around the sun. The sun around the black hole in our Milky Way. The whole thing never stays in the same place, but drifts away from other galaxies. Every day, every hour, every minute and every second, we find ourselves in a virgin and unprogrammed space.

Natürlich kann durch diesen Raum bereits eine andere Galaxis geflogen sein. Computermodelle werde dies zeigen.

Aber eher weniger die Gedanken, Geräusche, Bilder und Taten von Menschen oder Wesen anderer Planeten. McCormick träumte von einem Mess- und Analysegerät, um 4 Dimensionen + X aufzeichnen und sichtbar machen zu können. Die 4 Dimensionen, also der dreidimensionale Raum und Zeit als vierte Dimension, sind verständlich. X bedeutet dabei die Signatur im Raum, das Denken, die Musik, die Bilder und die Taten von denkenden Wesen, etwa der Menschheit.

Zu Lebzeiten wurde Lydia McCormick zur Professorin ernannt. Beruflich und privat arbeitete sie an ihrem Analysegerät. Sie legte, im Alter von 78 Jahren, der Vereinigung USA-SF ihre Theorien vor. Aus gesundheitlichen Gründen bat sie um Fortführung ihrer Ergebnisse. So war es dann auch. In New York wurde ein Institut eingerichtet, um weiter zu forschen. Nach ihrem Tod würde ein eventuelles Analysegerät „McCormick 4D+X" genannt.

200 Jahre später wird McCormicks Idee Wirklichkeit. Das Gerät funktioniert. Mord und Totschlag gibt es auf der Erde fast nicht mehr. Denn das Gerät wird zur Wahrheitsfindung eingesetzt.

Of course, another galaxy has already flown through this room. Computer models will show this.

But rather less the thoughts, sounds, images and actions of people or beings of other planets. McCormick dreamed of a measurement and analysis device to record and visualize 4 dimensions + X. The 4 dimensions, ie the three-dimensional space and time as the fourth dimension, are understandable. X means the signature in space, the thinking, the music, the images and the deeds of thinking beings, such as humanity.

During her lifetime, Lydia McCormick was appointed professor. Professionally and privately, she worked on her analyzer.
At the age of 78, she presented her theories to the USA-SF association. For health reasons, she asked for continuation of her findings. It was like that in the end. In New York, an institute was set up to continue research. After her death, a potential analyzer would be called "McCormick 4D + X".

200 years later, McCormick's idea becomes reality. The device works. Murder and manslaughter are almost gone on Earth. Because the device is used to find the truth.

Jede Polizeistation arbeitet nun mit dem „McCormick 4D+X".
Wie ist der Ablauf der Messung? Auszug aus dem Polizei-
Bericht NY-CFG 5644: „Detektiv Johnsen und ich wurden zu
einem Mord in die Mercury-Street 65 gerufen. Eine 44 jährige
Frau lag leblos auf dem Boden. Eine Nachbarin rief uns.
Fingerabdrücke werden heutzutage nicht mehr benötigt. Wir
stellten sogleich die 4D+X Box auf. So nennen wir die
McCormick 4D+X Apparatur. Dazu müssen wir
Parabolantennen aufstellen, die in Richtung der abgelaufenen
Erdbewegungsrichtung zeigen, die andere Seite, also um 180
Grad gedreht, wäre die Zukunft. Eine etwaige Todeszeit wäre
nützlich, aber auch nur zur Beschleunigung für das Ergebnis.
Das Gerät zeigt nun auf einem Bildschirm an, was im Haus
passiert ist. Wir zeichneten den Ablauf auf. Leider stand die
Nachbarin verbotener Weise dabei. Sie schrie plötzlich auf und
erkannte ihren Ehemann auf dem Bildschirm. Dieser erschlug
die 44 Jährige."

Weitere 150 Jahre später haben es die Menschen geschafft
aus dem Körper auszutreten und in Androiden zu gehen, um
z.B. im Weltraum Arbeiten durchzuführen.

Each police station now works with the "McCormick 4D + X". What is the procedure of the measurement? Excerpt from Police Report NY-CFG 5644: "Detective Johnsen and I were called to murder 65 Mercury Street. A 44-year-old woman lay lifeless on the floor. A neighbor called us. Fingerprints are no longer needed today. We immediately set up the 4D + X box. That's what we call the McCormick 4D + X device. For this we have to set up parabolic antennas that point in the direction of the expired Earth movement direction, the other side, so rotated by 180 degrees, would be the future. A possible death would be useful, but only to speed up the result. The device will now display on a screen what has happened in the house. We recorded the process. Unfortunately, the neighbor was forbidden. She suddenly screamed and recognized her husband on the screen. This killed the 44 year old."

Another 150 years later, people have managed to exit the body and go into androids, to perform work in space.

Kurze Zeit später gelang der Durchbruch mit Energieblasen und dem menschlichen Geist, bzw. einer Crew von menschlichen Geistern, mit Überlichtgeschwindigkeit durchs Weltall zu fliegen. Die Energieblasen fungierten dabei wir Raumschiffe.

2511 - Mittlerweile ist das Messgerät lange schon in jedem Menschen von Geburt an als Schwingungsmuster in den Gehirnen einprogrammiert. Es ist eine Ehre Mensch zu sein. Es wird geforscht. Das Böse ist vollkommen ausgeschaltet. Geld, Macht und Luxus existieren nicht mehr. Der Planet Mars ist schon lange ein Ort der Erholung geworden. Bereits vor über 500 Jahren wurde vermutet, dass alle Informationen, die es seit dem Urknall gibt, in jeder Zelle in uns vorhanden sind. Vielleicht sogar in jedem Baum, Stein und sogar in jedem Wassertropfen. Zumindest war es die Aussage von R. G. Wardenga. Je nach Wahrnehmung, also der Sensorik der Menschen, können sie weit in die Vergangenheit mit der 4D+X-Sinnessensorik forschen. In die Vergangenheit bedeutet dabei der Raum, den die Erde, bzw. der Ort des Geschehens, durchschritten ist. Denn dieser Raum ist ja nun mit einer Signatur versehen. Eigentlich wird diese Fähigkeit nicht mehr benötigt.

A short time later, the breakthrough with energy bubbles and the human mind, or a crew of human spirits, was able to fly through space at superluminal speed. The energy bubbles acted as spaceships.

2511 - In the meantime the measuring device has long been programmed in every human being since birth as a vibration pattern in the brains. It is an honor to be human. It is being researched. The evil is completely eliminated. Money, power and luxury no longer exist. The planet Mars has long been a place of recreation. Already over 500 years ago, it was assumed that all the information that exists since the Big Bang is present in every cell in us. Maybe even in every tree, stone and even in every drop of water. At least that was the testimony of R. G. Wardenga. Depending on the perception, ie the sensor technology of the people, they can research far into the past with 4D + X sensory sensors. The past means the space that has passed through the earth or the place of the event. Because this room is now provided with a signature. Actually, this ability is no longer needed.

Aber eine Sache, eine Mission, wäre da noch zu erforschen. Jeder Wissenschaftler erinnert sich an die Theorien der Professorin McCormik, die den Urknall untersuchen wollte. Jetzt endlich gab es eine Option, dies durchzuführen, denn das feststoffliche Gerät könnte man nie zum Platz des Urknalls bringen. Jetzt aber, mit dem geistigen Ausstiegs aus dem Körper und dem Einstieg in eine Energieblase, wäre es möglich, an den Ort zu fliegen, an dem alles begann.

New York 2566 - Vassar College

„Es ist zu beweisen, dass es sich beim Urknall um eine Nackte Singularität handelte. Außerdem sollte die Frage gestellt und beantwortet werden, ist der Urknall intelligent gewesen, kann eine Intelligenz nachgewiesen werden oder hat das Ding sogar denken können. Wir haben nun das Team zusammengestellt, welches den ursprünglichen Startpunkt alles Seins besuchen wird.", so Professorin Norma Segal.

Das Team besteht aus 6 Professorinnen und 2 Professoren. Das Raumschiff besteht aus einer Energieblase und wird von der Erde aus programmiert und gesteuert. Überwacht wird das Ganze von Captain Jeff Collins.

But one thing, one mission, is still to be explored. Every scientist remembers the theories of Professor McCormik, who wanted to investigate the Big Bang. Now, finally, there was an option to do this because the solid device could never be taken to the place of the Big Bang. But now, with the spiritual exit from the body and the entry into an energy bubble, it would be possible to fly to the place where it all began.

New York 2566 - Vassar College

"It has to be proven that the Big Bang was a Naked Singularity. Besides, the question should be asked and answered, the big bang has been intelligent, an intelligence can be proven or even thought the thing could. We have now put together the team that will visit the original starting point of all being.", says Professor Norma Segal.

The team consists of 6 professors and 2 professors. The spaceship consists of an energy bubble and is programmed and controlled from Earth. The whole thing is monitored by Captain Jeff Collins.

Zur Erklärung: Materielle Raumschiffe gibt es seit über 150 Jahren nicht mehr. Körper werden ebenso nicht gebraucht, würden in dieser Energieumgebung und den Geschwindigkeiten auch nicht überleben. Die Dunkle Energie stellt den Antrieb der Energieblase zur Verfügung. Man reitet förmlich auf der Dunklen Materie und erreicht Geschwindigkeiten, die nie zuvor von Menschen erlebt wurden.

Der Start ist für den 6. Mai 2566 festgelegt. Die Anlagen befinden sich in der Nähe von Jersey Mills in den USA.

Jersey Mills, 1. Mai 2566:

Die 8 Teammitglieder finden sich in der Anlage „Space Center Big Bang" ein. Captain Collins ist bereits vor Ort. Er und das technische Team stellen die Energieblase her. Es ist die Größe festzulegen. Die Berechnung eines Startkorridors zwischen Erde und Weltraum wird berechnet und festgelegt. Der Korridor reicht bis zum Saturn. Innerhalb des Korridors erreicht die Energieblase, die man McCormick 1 nennt, eine Geschwindigkeit von ½ Lichtgeschwindigkeit. Verlässt McCormick 1 den Korridor, ist die Übernahme in die Dunkle Materie erfolgt und 57 Jahre, also 57 Erdenjahre, später erreicht McCormick das Ziel, den Anfand allen Seins, den Urknall.

Explanation: Material spaceships have not existed for over 150 years. Bodies are also not needed and would not survive in this energy environment and speeds. The dark energy provides the drive of the energy bubble. You literally ride the Dark Matter and reach speeds never before experienced by humans.

The launch is scheduled for May 6, 2566. The facilities are located near Jersey Mills in the United States.

Jersey Mills, May 1, 2566:

The 8 team members arrive at the "Space Center Big Bang" facility. Captain Collins is already on site. He and the technical team make the energy bubble. It is the size to set. The calculation of a starting corridor between earth and space is calculated and determined. The corridor reaches to Saturn. Within the corridor, the energy bubble called McCormick 1 reaches a speed of ½ the speed of light. McCormick 1 leaves the corridor, the takeover into the Dark Matter has taken place and 57 years, so 57 earth years, later McCormick reaches the goal, the beginning of all being, the Big Bang.

Jersey Mills, 6. Mai 2566: Es ist 6 Uhr. Die Crew verlässt ihre Körper. Diese werden bis zum Zurückkommen eingefroren. Der Captain ist bereits „on Board", wenn man das so sagen kann. Innerhalb der Energieblase gibt es keine festen Plätzte. Energie vermischt sich, trotzdem bleibt das eigene Bewusstsein.

Jersey Mills, 6. Mai 2566:

Es ist 8 Uhr und 30 Sekunden … 20 Sekunden … 10 Sekunden … 5 … 4 …3 …2 …1 … START!

Noch können die Messinstrumente McCormick 1 durch den Korridor verfolgen. Der Sprachcomputer übersetzt die empfangenen Wellen der Crewmitglieder. Nach 40 Minuten verstummen sie. Nun ist die Crew auf sich allein gestellt … für mindestens 57 Erdenjahre.

„Hier Captain Jeff Collins. Innerhalb der Energieblase McCormick 1 ist ein Speicher für ein Logbuch eingerichtet. Um uns herum ist der Weltraum hell erleuchtet. Es ist fast grell. Menschliche Augen können dieses hell grelle Licht nicht aushalten. Von der Geschwindigkeit nicht zu sprechen. Es ist erstaunlich, dass wir dieser hohen Geschwindigkeit ausgesetzt sind und doch nichts davon bemerken. Zeit ist irrelevant. Raum ist irrelevant. Wir wissen, dass wir existieren, aber es ist so unwirklich."

Jersey Mills, May 6, 2566: It's 6 o'clock. The crew leaves their bodies. These are frozen until they return. The captain is already "on board", if that's what you say. Within the energy bubble there is no fixed place. Energy mixes, yet your own consciousness remains.

Jersey Mills, May 6, 2566:

It's 8 o'clock and 30 seconds ... 20 seconds ... 10 seconds ... 5 ... 4 ... 3 ... 2 ... 1 ... START!

Nor can the meters track McCormick 1 through the corridor. The speech computer translates the received waves of the crew members. After 40 minutes they fall silent. Now the crew is on its own ... for at least 57 Earth years.

"Here's Captain Jeff Collins. Within the McCormick 1 energy bubble, a memory for a logbook is set up. Space around us is brightly lit. It is almost garish. Human eyes can not stand this bright, bright light. Not to speak of speed. It is amazing that we are exposed to this high speed and yet notice nothing of it. Time is irrelevant. Space is irrelevant. We know we exist, but it's so unreal."

Ein weiterer Eintrag: „Das Weltall wird dunkler. Wir verringern die Reisegeschwindigkeit. Wir können nun Galaxien und Sternenhaufen sehen. Es wird immer dunkler. Damit ist gemeint, so als wenn wir Augen hätten, sehen wir das Licht. Schwingungsmäßig ist der Raum gut gefüllt. Aber die Materie wird weniger."

Der vorletzte Eintrag: „Der Raum ist schwarz. Es gibt keine Materie hier in der Nähe des Urknalls. Wenige Schwingungen verirren sich hier her. In Richtung der Position des Urknalls ist es leer und schwarz. In der anderen Richtung erkennt man schwache Leuchtpunkte, also Galaxien. Wir haben den Startpunkt, bzw. den Endpunkt aus unserer Sicht, Urknall erreicht. Es ist ein trostloser Ort im gesamten Universum. Hier ist nichts … hier ist das Nichts … und doch ist das Nichts etwas! Die Crewmitglieder beginnen mit ihren Messungen. Ich darf dabei sein. Wir vernetzen unseren Geist, so, als wenn Wissenschaftler Parabolantennen parallel anschließen, um mehr Signale zu empfangen. Ich erhalte Antworten und denke, dass Professorin Lydia McCormick nun glücklich sein würde. Wir stellen fest, besser gesagt, wir erhalten Antworten, dass die Komprimierung an Energie so hoch war, dass sich nichts bewegte, nichts veränderte, somit gab es keine Zeit.

Another entry: "The universe is getting darker. We reduce the cruising speed. We can now see galaxies and star clusters. It is getting darker. By this we mean, as if we had eyes, we see the light. In terms of vibration, the room is well filled. But matter is getting less."

The penultimate entry: "The room is black. There is no matter here near the Big Bang. Few vibrations get lost here. In the direction of the Big Bang position it is empty and black. In the other direction you can see weak luminous points, ie galaxies. We have reached the starting point, or the end point in our view, Big Bang. It is a bleak place in the entire universe. Here is nothing ... here is nothingness ... and yet nothing is something! The crew members start with their measurements. I am allowed to be there. We network our minds as though scientists connect parabolic antennas in parallel to receive more signals. I get answers and think Professor Lydia McCormick would be happy now. We find out, rather, we get answers that the compression of energy was so high that nothing moved, nothing changed, so there was no time.

Trotzdem gab es die Explosion und Raum und Zeit begannen. Das 4D+X Messgerät in uns stellte kurz vor der Explosion eine minimale Veränderung fest, eine minimale Schwingung, ein Wort, egal in welcher Sprache oder ob überhaupt eine Sprache, eine Idee, ein Wunsch oder was auch immer … übersetzt etwa „START, LASST ES UNS TUN". Es gab also vor dem Big Bang Intelligenz in dem Ding. Es ist auch bewiesen, dass es sich beim Urknall um eine Nackte Singularität handelte. Um den Urknall herum gab es keinen Ereignishorizont, es gab keinen Raum und keine Zeit. Innerhalb des Urknalls aber gab es Intelligenz und Denken. Vielleicht war es ein bewegungsloser Austausch vieler Geister oder aller Geister. Vielleicht war es ein großer Geist, vielleicht der Schöpfer von allen zukünftigen Dingen und Ereignissen. Und eine winzige Bewegung, eine winzige Schwingung brachte den Urknall hervor und Raum, Zeit und Materie entstanden. Ist das vielleicht mit „Gottes Reich" gemeint?"

Der letzte Eintrag: „Wir wollen nun zurück auf die Erde. Wir wissen nicht, wer lebt noch? Wie werden wir empfangen? Waren die Reiseberechnungen korrekt? Wir lassen uns überraschen.

Nevertheless, there was the explosion and space and time began. The 4D + X gauge in us detected a minimal change just before the blast, a minimal vibration, a word, no matter what language or if any language, idea, wish or whatever ... translated as "START, LET DO IT". So there was intelligence in the thing before the Big Bang. It is also proven that the Big Bang was a Naked Singularity. Around the big bang there was no event horizon, there was no room and no time. But within the big bang, there was intelligence and thought. Maybe it was a motionless exchange of many spirits or all spirits. Maybe it was a great spirit, maybe the creator of all future things and events. And a tiny movement, a tiny vibration brought out the big bang and created space, time and matter. Is that perhaps meant by "God's kingdom?"

The last entry: "Now we want to go back to earth. We do not know who lives? How will we receive? Were the travel bills correct? We are surprised. ...

Als es plötzlich ein Ereignis gab, es klopfte sozusagen an unserer Energieblase. Ein heller Leuchtpunkt, eine Energie kam zu uns und ließ uns gedanklich wissen: „Ich freue mich, dass Ihr den Weg hierher gefunden habt. Ich bin nach meinem irdischen Ableben sofort hierhergekommen. Ihr habt alles richtig verstanden. Ich liebe Euch, Eure Lydia" Es war der Kontakt zu Professorin Lydia McCormick, zumindest war das zu Lebzeiten ihr Name. Und somit kommen wir mit mehr zurück auf die Erde, als erwartet. Die Erde wird sich nochmals verändern."

... When there was an event, it knocked on our energy bubble, so to speak. A bright luminous spot, an energy came to us and let us know: "I am glad that you have found the way here. I came here immediately after my earthly demise. You have understood everything correctly. I love you, your Lydia" It was the contact with Professor Lydia McCormick, at least that was her name during her lifetime. And so we come back to earth with more than we expected. The earth will change again."

Das Atom

Das Sonnensystem

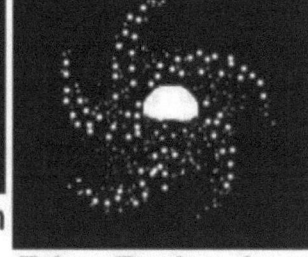

Die Galaxien

Physikalische Systeme

Objekte, die ein Ganzes sind und sich in der Raumzeit in einer Umgebung abgrenzen, sind Physikalische Systeme. Bislang fehlt der Beweis beim Universum. Überlegung: Viele Universen könnten in einem Raum sein, den man Omnium (das Ganze) nennen könnte. Dann hat unser Universum eine Umgebung. Autorenteam Sültz auf Sylt

Vom Atom bis zum Omnium
Eine Überlegung vom Autorenteam Sültz auf Sylt

Das Omnium

Das Universum

Das Weiße im Schwarzen Loch

„Captain Cliff Danzer an Basis-Kontrolle! Wir senden erste Aufzeichnungen und Analysen der Sonden aus dem Schwarzen Loch zu. In der äußeren Umlaufbahn können wir noch etwa vier Stunden verbleiben, dann folgt der Rücksturz in den freien Raum." Cliff Danzer ist Raumschiffkommandant der GLOBAL PEACE TWO. Das Raumschiff ist mit modernster Technik des 26. Jahrhundert ausgerüstet, um Schwarze Löcher im Universum zu untersuchen. Die 126 Crewmitglieder sind meist Wissenschaftler, da das Raumschiff vollautomatisch von einem Supercomputer der Helos-8000-Serie gesteuert wird. Hauptbestandteil des Bionetic-Computers ist das verstorbene Gehirn von Professor Dan Laurenson, der die Helos-Serie entwickelt hatte. Die Helos-6000-Serie hatte bereits das Universum erklärbar gemacht. Die 7000-Serie entwickelte dann die STIT-Weltraumreisen, „Space Travel Immediately There". Dabei bedient man sich der Dunklen Materie, die überall im Universum vorhanden ist. Wie Professor Dan Laurenson es erkannte: „Das HIER ist auch sofort das DORT im Universum, man muss nur die Dunkle Materie und die Dunkle Energie verstehen!"

The white in the black hole

"Captain Cliff Danzer at Base Control! We send initial records and analysis of the probes from the black hole. In the outer orbit, we can still remain for about four hours, then the fall back into the open space." Cliff Danzer is spaceship commander of the GLOBAL PEACE TWO. The spaceship is equipped with the most modern technology of the 26th century to investigate black holes in the universe. The 126 crew members are mostly scientists, because the spacecraft is fully automatically controlled by a supercomputer of the Helos 8000 series. The main component of the Bionetic computer is the deceased brain of Professor Dan Laurenson, who developed the Helos series. The Helos 6000 series had already made the universe explainable. The 7000 series then developed the STIT space travel, "Space Travel Immediately There". In doing so, one uses the dark matter, which is present everywhere in the universe. As Professor Dan Laurenson realized: "HERE is also the immediate place in the universe, you just have to understand the dark matter and the dark energy!"

Mit dem Raumschiff GLOBAL PEACE TWO war man nun in der Lage, sofort hier und überall dort zu sein. Man nutzte zwar die Dunkle Materie, aber es standen immer noch Fragen an, genauso wie bei den Schwarzen Löchern. Nun aber sollten die letzten Geheimnisse gelüftet werden. „Die Sonden sind zum Start bereit", verkündete Ingenieur Robert Woggon. „Captain an Helos, Start durchführen, Aufnahme und Analyse starten. Captain Status Delta 58", sagte Danzer auf der Brücke. Die Sonden starteten und wurden sogleich vom Schwarzen Loch angezogen. Gespannt sahen alle Crew-Mitglieder auf ihre Monitore. Sie sahen, wie die Sonden wie Spagetti gedehnt wurden. Aber sie übertrugen weiterhin Daten und Bilder. Es war unwahrscheinlich grell im Schwarzen Loch. Immer schneller wurden die Sonden angezogen. Immer höher wurde die Rechenleistung des Computers Helos. Gleichzeitig wurden alle Daten in Richtung Erde gesendet. 30.000 Lichtjahre waren zu überbrücken. Wie gesagt, das funktionierte nur mit STIT. Auf der Erde sah man gespannt zu. „Basis-Kontrolle an GLOBAL PEACE TWO. Täuscht es oder steht ihr alle wirklich bewegungslos vor den Monitoren?", so ertönte es aus der Kommunikation.

With the spaceship GLOBAL PEACE TWO you were now able to be there right here and everywhere. The dark matter was used, but there were still questions, just like the black holes. But now the last secrets should be revealed. "The probes are ready to start.", announced engineer Robert Woggon. "Captain to Helos, launch, start recording and analysis. Captain Status Delta 58.", said Danzer on the bridge. The probes started and were immediately attracted to the black hole. All the crew members watched in awe at their monitors. They saw the probes stretched like spagetti. But they continued to transmit data and images. It was unlikely to be in the black hole. The probes were tightened faster and faster. The computing power of the computer Helos became ever higher. At the same time, all data was sent towards Earth. 30000 light years were to be bridged. As I said, that only worked with STIT. On Earth, we watched intently. "Basic control on GLOBAL PEACE TWO. Is it deceptive or are you all really motionless in front of the monitors?", it sounded from the communication.

Und in der Tat, die Crew bemerkte nicht, dass durch die gewaltige Rechenleistung Helos am Leistungsende war. Langsam driftete das Raumschiff zum Kern des Schwarzen Lochs. Jeder Meter pro Sekunde kam es der Crew wie Stunden vor. Die Informationen, die Bilder und die Eindrücke, waren an den Bildschirmen atemberaubend. Noch nie sah man Atome, Protonen, Neutronen und Elektronen langgezogen wie Regenwürmer. Noch nie sah man gedehnte Lichtpartikel eines Lichtstrahls.

„Basis-Kontrolle an BLOBAL PEACE TWO! Ihr müsst den Rückschub starten! Sofort! Ihr werdet zu stark in das Loch gezogen!" Keine Reaktion auf dem Raumschiff. Niemand rührte sich. Die Kontrollen der Herzfunktion zeigten einen Schlag pro Stunde an. Aber alle Informationen wurden weiterhin zur Basis-Kontrolle gesendet. Ob, wie und was die Crew nun alles sah, auf der Erde konnte man es nur ahnen, denn die Bilder sendeten ununterbrochen weiter. Es wurde heller und heller. Die Kameras der Raumschiffbrücke sendeten nun nicht mehr, die Außenkameras funktionierten noch einwandfrei, wahrscheinlich brach das Raumschiff bereits auseinander.

And indeed, the crew did not realize that Helos was at the end of performance due to the huge computing power. Slowly the spaceship drifted to the core of the black hole. Every meter per second, the crew felt like hours. The information, the pictures and the impressions were breathtaking on the screens. Never before have you seen atoms, protons, neutrons and electrons drawn like earthworms. Never before could you see stretched light particles of a ray of light.

"Basic control on BLOBAL PEACE TWO! You have to start the recoil! Immediately! You are pulled too hard into the hole!" No reaction on the spaceship. Nobody moved. The controls of heart function indicated one beat per hour. But all information was still sent to the base control. Whether, how and what the crew now saw everything on earth, one could only guess, because the pictures sent on uninterrupted. It got brighter and brighter. The cameras of the spaceship bridge no longer sent, the outer cameras were still working perfectly, probably the spaceship was already breaking apart.

Auf den Bildschirmen waren nun grelle Strudel zu sehen. Waren Kameras tatsächlich durch das Schwarze Loch gezogen worden? Dann vermutete man am Ende des Schwarzen Lochs wieder den dunklen Weltraum. Die Bildschirme blieben aber hell. Hin und wieder dachten einige Wissenschaftler in der Basis-Kontrolle, dass sie Gesichter gesehen haben wollten oder Schleier. Nichts Genaues wusste man. Die Kameras blieben über Jahrzehnte eingeschaltet. Vielleicht zeigen sie auch heute noch etwas an. Nur erlebte dies der Leiter der Basis-Kontrolle und Freund von Cliff Danzer, Jack Townsend, nicht mehr. Seine letzten Stunden verbrachte er in den Armen seiner Frau. „Gehe zum Licht", flüsterte Amy ihrem Mann zu. „Ich sehe Hände, Hände die mich tragen wollen, Hände, die mich nach oben ziehen wollen. Ich sehe in der Ferne ein Licht. Es kommt näher und näher", sprach Jack. „Gehe darauf zu, bitte", flüsterte Amy weiter. „Ich sehe ein Gesicht. Die Hände tragen mich weiter zum Licht. Es… es ist… nein… ich kann es kaum glauben… es ist mein Freund Cliff. Ich liebe dich, Amy. Ich weiß nun, wir sehen uns wieder." Jacks Seele löste sich vom Körper und stieg zum Licht auf. „Hallo mein lieber Freund", so wurde Jack von seinem Freund Cliff empfangen. „Ich habe diese Gestalt kurz angenommen, damit du mich erkennst.

On the screens were now bright whirlpools to see. Were cameras actually pulled through the black hole? Then, at the end of the black hole, they suspected the dark space again. The screens, however, remained bright. From time to time, some scientists in the base control thought they had seen faces or veils. Nothing was known. The cameras stayed on for decades. Maybe they still show something today. Only the head of the base control and friend of Cliff Danzer, Jack Townsend, did not experience this anymore. His last hours were spent in the arms of his wife. "Go to the light", Amy whispered to her husband. "I see hands, hands that want to carry me, hands that want to pull me up. I see a light in the distance. It's getting closer and closer," Jack said. "Go ahead, please", Amy continued whispering. "I see a face. The hands carry me on to the light. It … it's … no … I can not believe it … it's my friend Cliff. I love you, Amy. I know we'll meet again." Jack's soul broke away from the body and rose to the light. "Hello my dear friend", Jack was greeted by his friend Cliff. "I took this figure for a moment, so you recognize me.

Ansonsten sind wir formlose Energiewolken in dieser Dimension. Es ist die Dimension aller guten Seelen, aller Universen, in einem unendlich großen Raum, dem Omnium. Als wir mit dem Raumschiff vom Schwarzen Loch angezogen wurden, trennte sich der Geist vom Körper. Der Körper wurde in alle Einzelteile zerlegt und komprimiert. Der Geist dagegen erhielt freien Durchgang direkt ins Licht, direkt in die nächste Dimension. Nun komm mit mir, mein Freund, deine Familie und Freunde erwarten dich bereits."

Es ist also alles ein großer Kreislauf auf der Erde, im Universum, im Leben, in der Liebe, im Nichts, denn das Nichts ist eben ein Etwas!

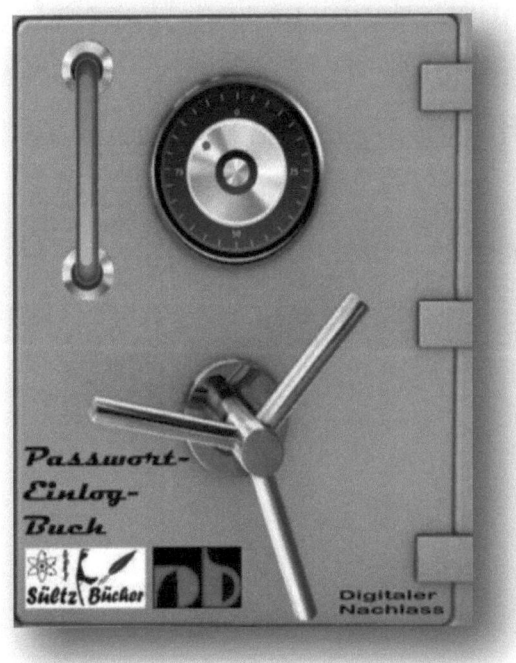

Otherwise, we are formless energy clouds in this dimension. It is the dimension of all good souls, of all universes, in an infinite space, the omnium. When we were attracted to the spacecraft by the black hole, the spirit separated from the body. The body was disassembled and compressed in all its parts. The mind, on the other hand, got free passage straight into the light, right into the next dimension. Now come with me, my friend, your family and friends are already waiting for you."

So everything is a great cycle on earth, in the universe, in life, in love, in nothingness, because nothingness is something!

Die Erfindung des Körper-Transporters

Mittlerweile sind sie in jedem Haushalt, in jeder Arztpraxis, ach, einfach überall eingebaut ... die Warm-Körper-Transporter-Module, WKTM 100! Heute ist es kein Problem, in Sekunden über 10, 100 oder sogar 40.000 Kilometer zu einem Freund zu gelangen. Technisch sind wir heute auf dem Höchststand, der Krebs ist zwar besiegt, aber ein Spenderherz wird immer noch benötigt. Nur, es geht heute alles viel schneller. In Berlin benötigt ein Mensch ein Herz, in New York steht das gesuchte zu Verfügung. Mit Hilfe des WKTM 100 ist der Patient in Sekunden vor Ort. Ja, man muss sagen, vor vielen Hundert Jahren wurde das Telefon entwickelt. Das waren zwei Apparate, mit denen man sprechen und hören konnte, auch dies funktionierte einmal um die Erde, also 40.000 Kilometer. Dann ging es weiter mit dem sogenannten Internet bis zum heutigen Körper-Transporter. WKTM 100 ist die letzte Entwicklungsstufe, die 100 soll auf die 100 Jährige Entwicklung hindeuten.

The invention of the body transporter

Meanwhile, they are in every household, in every doctor's office, oh, just installed everywhere ... the warm body transporter modules, WKTM 100! Today it is no problem to reach a friend in 10, 100 or even 40000 kilometers in seconds. Technically, today we are at the peak, the cancer is defeated, but a donor heart is still needed. Only, everything is much faster today. In Berlin, a person needs a heart, in New York, the searched is available. With the help of the WKTM 100, the patient is on site in seconds. Yes, you have to say, the phone was developed hundreds of years ago. These were two devices that could be used to talk and talk, and this once worked around the earth, 40000 kilometers. Then it continued with the so-called Internet to today's body transporter. WKTM 100 is the last development stage, the 100 is to indicate the 100 year development.

Wie alles begann: Ich bin Journalist, mein Name ist Ben Carter. Auch wenn wir uns alle gern mit dem WKTM 100 überall und sofort hin transportieren können, eine Zeitschrift gibt es immer noch. Und hin und wieder braucht jeder seine Ruhe. Heute besuche ich Lou Eisenberger, er war Entwicklungsingenieur bei GP BODY SPEED MAX. Sein Vater war der Entwickler des weltersten Kalt-Körper-Transport-Kondensators KKTK 01 A. So viel wie möglich möchte ich darüber erfahren, denn nach dem letzten Totalausfall des Internets, durch den Asteroid Protonom 26 A, sind viele Speicher völlig leer. Heute hat man daraus gelernt, auf dem Mars und auf dem Mond sind Speicher, auf die jederzeit zugegriffen werden kann. Natürlich befinden sich dort auch Abwehrsysteme gegen Asteroiden. „Dr. Clint Eisenberger, mein Vater, hatte die Idee, Dinge innerhalb der Firma blitzschnell von Ort A nach Ort B zu bringen. Seine Laborassistentin Ruth war einfach nicht schnell genug", so begann Ben Carter seine Erzählung. „Seine Überlegung ging dorthin, dass er sich zwei parallele elektrische Platten vorstellte, zwischen denen, wie bei einem Kondensator, ein elektrisches Feld entsteht. Die gespeicherte oder dorthin gebrachte Energie müsste ausreichen, um einen Gegenstand wieder in die Ausgangsform zu verdichten.

How it all started: I am a journalist, my name is Ben Carter. Although we all like to transport everywhere with the WKTM 100 right away, there is still a magazine. And every now and then everyone needs his peace. Today I visit Lou Eisenberger, he was a development engineer at GP BODY SPEED MAX. His father was the developer of the world's first cold body transport capacitor KKTK 01 A. As much as possible I would like to know about it, because after the last total failure of the Internet, by the Asteroid Proton 26 A, many memory are completely empty. Today it has been learned that on Mars and on the moon are memories that can be accessed at any time. Of course, there are also defense systems against asteroids. "Dr. Clint Eisenberger, my father, had the idea of bringing things within the company from location A to location B in an instant. His lab assistant Ruth just was not fast enough." Ben Carter began his story. "His reasoning was that he imagined two parallel electric plates between which, like a capacitor, an electric field is created. The stored or brought energy would have to be sufficient to compress an object back to its original shape.

Mit viel Überlegung, sehr viel Geld und noch mehr Zeit entwickelte er mit seinem Team den ersten Kaltkörper-Kondensator. Anfänglich mussten sie mit Problemen rechnen, dass war ihnen bewusst. Der Tag des ersten Experiments vor den Firmen-Bossen stand an. In den Start-Kondensator stellte Carter eine leere Kaffeetasse, diese begleitete ihn seit seiner Studienzeit, ein Zeichen seines Vertrauens zu der Maschine. Nun gingen alle in den Nachbarraum, überzeugten sich, dass zwischen den Kondensatorplatten nichts steht, etwa ein Duplikat der Tasse. Die Maschine wurde eingestellt, die Spannung hochgefahren, ein Kribbeln war bei allen zu spüren, immerhin erreichte die Maschine Gigawatt; oder waren es noch mehr? Nun, ich weiß es nicht mehr!", sagte Lou Eisenberger. „War es ein Erfolg?", fragte ich ungeduldig. Eisenberger fuhr fort: „Ja, in der Tat! Die Kondensatorplatten mit der gewaltigen Energie zerlegte die Tasse! Ein Computer speicherte die Struktur des Objektes, also der Tasse, und leitete die Informationen an den Ziel-Kondensator. Dort baute sich die elektrische Energie auf, die Informationen verdichteten sich dort wieder zu einer Tasse!" „Gut so, Eisenberger! Und nun das Ganze mit einem frischen heißen Kaffee!", sagte der Chef der Firma.

With much thought, a lot of money and even more time, he and his team developed the first cold-body condenser. At first they had to expect problems, they were aware of that. The day of the first experiment in front of the company bosses was on. In the starting capacitor Carter put an empty coffee cup, this accompanied him since his study time, a sign of his confidence to the machine. Now everyone went into the neighboring room, convinced themselves that nothing stands between the capacitor plates, about a duplicate of the cup. The machine was set, the tension raised, a tingle was felt in all, after all, the machine reached gigawatts; or was it more? Well, I do not remember!", said Lou Eisenberger. "Was it a success?" I asked impatiently. Eisenberger continued: "Yes, indeed! The capacitor plates with the tremendous energy decomposed the cup! A computer saved the structure of the object, the cup, and passed the information to the target capacitor. There, the electrical energy built up, the information condensed there again to a cup!" "Good, Eisenberger! And now the whole thing with a fresh hot coffee!", said the boss of the company.

„So weit sind wir noch nicht, wir können nur feste Stoffe transportieren, keine flüssigen und schon gar keine lebenden!", entgegnete Eisenberger. „Die Zeit verging für meinen Vater viel zu schnell. Einen 48-Stunden-Tag hätte er gern. Aber es kam der Tag, da er den Durchbruch schaffte. Er wandelte das Wasser, in diesem Fall den Kaffee, in einen festen Gegenstand um. Die Computer konnten damals nur den augenblicklichen Zustand erfassen, also fror mein Vater den Kaffee ein. Es klappte, alle waren begeistert und erstaunt darüber, dass im Zielkondensator der Kaffee sehr heiß gewesen ist. Das lag natürlich an der hohen Energie. Die Tasse selbst und andere Gegenstände waren ja auch wie aus dem Backofen. Die Angst einen lebenden Körper zu transportieren war natürlich begründet. Die Computerleistung lies ja nur den augenblicklichen Zustand zu, was ist, wenn sich das Tier oder der Mensch bewegt? Dann fehlen nachher Körperteile und Mensch oder Tier sind tot. Lange dauerte es wieder, bis die Computer mehr geleistet haben. Tierversuche waren tabu, der erste freiwillige Proband starb an den Folgen des Einfrierens und des wieder Auftauens. Das Einfrieren war nicht das Problem, das gab es bereits und wurde mit Erfolg praktiziert.

"We are not that far yet, we can only transport solid materials, not liquid ones, let alone living ones!", Eisenberger countered. "Time passed much too fast for my father. He would like a 48-hour day. But the day came when he made the breakthrough. He turned the water, in this case the coffee, into a solid object. At that time the computers could only capture the momentary state, so my father froze the coffee. It worked, everyone was thrilled and amazed that the coffee was very hot in the target condenser. Of course that was due to the high energy. The cup itself and other items were indeed out of the oven. The fear of transporting a living body was of course justified. The computer performance allows only the current state, what if the animal or the human being moves? Then body parts are missing afterwards and humans or animals are dead. It took a long time again, until the computers have done more. Animal experiments were taboo, the first volunteer died from the consequences of freezing and re-thawing. Freezing was not the problem, it already existed and was successfully practiced.

Das Problem war die Hitze der Transport-Energie. Der Körper kam komplett im Ziel-Kondensator an, aber der Kühlanzug half nicht. Nun, ich möchte den Anblick hier nicht weiter ausführen. Mein Vater zerbrach an diesem Anblick. Ja, das waren die Anfänge der Körper-Transporter." „Wie wurde der Durchbruch geschaffen?", fragte ich. „Ich kam nach dem Studium in die Firma, wollte Vaters Traum fortsetzen, er war mittlerweile verstorben. Die Computer waren so leistungsstark, dass alles erdenkliche damit gemacht werden konnte. Auch das Denken, sogar ohne Gehirn, von Verstorbenen wurde erst konserviert, später zum Leben, zumindest zum Denken, gebracht. Meine Idee war es nun, keine zwei Platten, wie ein Kondensator, sondern eine Box zu konstruieren, die dreidimensionale Körper darstellen kann. Diese wird dann mit dem Denken des zu transportierenden Menschen bestückt. Der Mensch wird dann nicht gebacken, sondern seine Körpertemperatur bleibt erhalten. Es handelt sich dabei aber nur um ein Duplikat des Menschen, aber mit seinem Denken. Ich selbst war die erste Testperson. Soweit verlief alles Ordnungsgemäß, lediglich fehlten mir im Ersatzkörper die Gefühle jeglicher Art.

The problem was the heat of transportation energy. The body arrived completely in the target condenser, but the cooling suit did not help. Well, I do not want to go on with the sight here. My father broke at this sight. Yes, those were the beginnings of body transporters."

"How was the breakthrough made?", I asked. "I came to the company after graduation, wanted to continue father's dream, he had died in the meantime. The computers were so powerful that everything imaginable could be done with them. Even thinking, even without a brain, of the deceased was first preserved, later brought to life, at least to thinking. My idea was not to construct two plates, like a capacitor, but a box that could represent three-dimensional bodies. This is then equipped with the thinking of the person to be transported. The person is then not baked, but his body temperature is maintained. It is only a duplicate of man, but with his thinking. I myself was the first test subject. As far as everything went properly, only I lacked in the replacement body, the feelings of any kind.

Der nächste Schritt waren Boxen, in denen der augenblickliche Zustand gescannt wurde und die sofortige Übermittelung jedes Atoms in die Zielbox stattfand. Das war der Durchbruch. Mit einem Lähmungsgas fiel man liegend in eine Starre. In die Zielbox wurde sofort ein Aufwachgas gesprüht, das war es. Wieder war ich der erste Kandidat dafür. Und? Was würden Sie sagen, ich bin doch noch ganz fit, oder?", flachste Eisenberger und lachte laut. „Ja, in der Tat! Was sind die nächsten Ziele in dieser Richtung?", fragte ich. „Mein Sohn arbeitet nun an der Transportation ohne Kabel- und Glasfaserleitungen, sondern durch Lichtwellen. So könnten wir jeden Ort im Weltraum erreichen, wo sich künftig ein Ziel-Modul befindet!", sagte Eisenberger zu mir. „Das sind ja herrliche Aussichten für die Menschheit. Und Gelder werden gut angelegt, wozu braucht man auch Panzer und die Rüstung!", mit diesem Satz beendete ich das Interview. Nun geht es in die Redaktion, ich werde wohl das Fahrrad nehmen!

The next step was boxes in which the current state was scanned and the immediate transmission of each atom into the target box took place. That was the breakthrough. With a paralyzing gas you fell lying in a stare. In the target box, a gas was sprayed immediately, that was it. Again, I was the first candidate for it. And? What would you say, I'm still quite fit, right?", flattened Eisenberger and laughed loudly. "Yes indeed! What are the next goals in this direction ", I asked.

"My son is now working on transportation without cable and fiber optic cables, but with light waves. So we could reach any place in space where there will be a target module in the future!", Eisenberger told me. "These are wonderful prospects for humanity. And money is invested well, why do you need tanks and armor?", with this sentence I finished the interview. Now it goes to the editor, I'll probably take the bike!

Ein Gruß aus dem Nichts

Hannelores Tagebuch:

„Ach, was soll ich sagen, seit 45 Jahren beobachte ich den Himmel. Jetzt werden langsam meine Augen schwach. Alle in der Familie habe ich mit diesem Virus angesteckt. Ist da etwas? Werden wir beobachtet? Sind wir alleine im Weltall? Jetzt möchte ich langsam meine Station hier in Bayern schließen. Morgen um 5 Uhr in der Frühe, kurz vor Sonnenuntergang, möchte ich noch einer eigenartigen Erscheinung nachgehen. Gute Nacht."

Um 5 Uhr saß Hannelore wieder vor ihrem Teleskop. Ihr Mann schlief noch und die Kinder waren schon aus dem Haus gezogen. Da war er wieder. Ein kurzer, heller Lichtpunkt. Gut, das Flackern kommt durch die Atmosphäre, aber das Licht war vor einiger Zeit noch nicht zu sehen. Vor 40 Jahren schon gar nicht. Hannelore hatte immer gute Gedanken. Ob das der Schlüssel zu den weiteren Ereignissen war? Sie schaute durch das Fernrohr, das Licht kam dicht auf sie zu. Plötzlich berührte sie jemand an der Schulter. War es ihr Mann? Nein, es war ein Lichtwesen. Eine schwebende, kugelförmige Form in vielen Farben im Inneren.

A greeting from nowhere

Hannelore's Diary:

"Oh, what can I say, for 45 years I have watched the sky. Now my eyes are starting to weaken. I've infected everyone in the family with this virus. Is there something there? Are we being watched? Are we alone in space? Now I would like to close my station here in Bavaria. Tomorrow at 5 o'clock in the morning, just before sunset, I want to pursue another peculiar phenomenon. Good night."

At 5 o'clock Hannelore sat again in front of her telescope. Her husband was still asleep and the children had already moved out of the house. There he was again. A short, bright point of light. Well, the flickering comes through the atmosphere, but the light was not visible until recently. Not 40 years ago. Hannelore always had good thoughts. Was that the key to further events? She looked through the telescope, the light came close to her. Suddenly someone touched her shoulder. Was it her husband? No, it was a being of light. A floating, spherical shape in many colors inside.

Hannelore erschrak, nicht unbedingt solch eine Begegnung hatte sie sich gewünscht. Gut, vielleicht in anderer Form, sie hätte dann gerne einen Kaffee angeboten. Gerade wollte Hannelore eine Frage stellen. Soweit kam es einfach nicht. Da war die Antwort schon in ihrem Kopf. Auch weitere Fragen, wurden geklärt.

„Wir kommen vom äußeren Kreis des Universums. Wir existieren am längsten im Universum. Neid, Kriege und Eifersucht, das haben wir alles überwunden. Wir kommen und gehen durch die Schwarzen Löcher. Wir sind eine untrennbare Energie, jeder von uns. Wir kommen aus der anderen, besseren Dimension. Wir benötigen nur wenige Schritte zu euch und anderen Lebewesen. Wir bewegen uns mit Bega. Das ist sozusagen die Hier und Sofort- Geschwindigkeit. Wir sind zu dir gekommen, um dir zu sagen, es gibt Wichtigeres als Geld, Macht, Eifersucht und Kriege. Komm' einmal mit uns, wir zeigen dir den Kosmos. Entstehende Sonnen, riesige Sternhaufen, gewaltige bunte Wolken. Glaub uns, es ist faszinierend. Du bist unter Freunden, alle Fragen werden beantwortet. Du erkennst die wahre Liebe und Wärme."

Hannelore was startled, she had not wanted such an encounter. Well, maybe in another form, she would have liked to have a coffee. Hannelore just wanted to ask a question. As far as it just did not come. The answer was already in her head. Also further questions were clarified.

"We come from the outer circle of the universe. We exist the longest in the universe. Envy, wars and jealousy, we have overcome everything. We come and go through the black holes. We are an inseparable energy, each one of us. We come from the other, better dimension. We only need a few steps to you and other living beings. We are moving with Bega. That's the here and instant speed, so to speak. We came to you to tell you there are more important things than money, power, jealousy and wars. Come with us, we will show you the cosmos. Emerging suns, huge star clusters, huge colorful clouds. Believe us, it is fascinating. You are among friends, all questions are answered. You recognize the true love and warmth."

Hannelore überlegte nicht lange, weckte ihren Mann. Schrieb eine Nachricht und legte den Brief auf den Tisch.

„Ihr Lieben, wir sind unterwegs, wartet nicht mit dem Essen auf uns. Wir melden uns irgendwann und sind immer bei euch. In Liebe, Eure Eltern."

Hannelore did not think twice, woke her husband. Wrote a message and put the letter on the table.

"Dear, we are on the road, do not wait for the food. We will contact you sometime and will always be with you. In love, your parents."

Mission BIG BANG

Das Raumschiff KOLOSSEUS 5000 ist eines der letzten Raumschiffe der Erde, das mit modernster Technik ausgestattet ist und das Universum erforscht. Erdbewohner gibt es seit mehr als 10.000 Jahren nicht mehr. Der letzte Stand der Technik ist die anderthalbfache Lichtgeschwindigkeit gewesen, sowie ein Lichtstrahl-Abwehrsystem mit 100 Strahlenkanonen rund um das riesige Raumschiff. Dies dient nun wirklich nur der Verteidigung. Das haben zwar die letzten Staaten auch gesagt, bevor es zum finalen Atomkrieg kam, aber die Besatzung der KOLOSSEUS ist sich dessen bewusst. Das Raumschiff soll nur der Wissenschaft und Forschung dienen. Trotz der gewaltigen Ausmaße, mit den fünfzehn Kilometern Länge, erreicht es mittlerweile die 20-fache Lichtgeschwindigkeit. Das Raumschiff ist nach dem superschnellen Computer KOLOSSEUS 01 benannt. Er ermittelt bei dieser hohen Reisegeschwindigkeit die genaue Route, eine Kollision mit Materie im Weltraum ist so unmöglich. Einzelne Atome werden aber eingesammelt und verwertet. Über Generationen hinweg fliegt das Raumschiff nun bereits zum Erkundungsort, dem Beginn allen Seins, aller Materie, allen Lebens: DEM URKNALL.

Mission BIG BANG

The spaceship KOLOSSEUS 5000 is one of the last starships in the world, equipped with the latest technology and exploring the universe. Earth dwellers have not existed for more than 10,000 years. The latest state of the art has been one and a half times the speed of light, as well as a 100-beam light beam defense system around the giant spaceship. This really only serves the defense. The last states said that before the nuclear war broke out, but the crew of the COLOSSEUS is aware of that. The spaceship should only serve science and research. Despite the enormous dimensions, with the fifteen kilometers in length, it now reaches 20 times the speed of light. The spaceship is named after the superfast computer KOLOSSEUS 01. He determines the exact route at this high cruising speed, a collision with matter in space is so impossible. However, individual atoms are collected and recycled. For generations, the spaceship now flies to the place of exploration, the beginning of all being, all matter, all life: THE BIG BANG.

Die einzelnen Raumschiffe, die damals in den Weltraum gestartet sind, wurden mit unterschiedlichen Aufträgen in eine nicht bekannte Zukunft geschickt. ROMEUS 4 ist auf den Weg zum letzten Stern des gesamten Universums geschickt worden. Kommt außerhalb des Weltalls nichts mehr? Das war die Frage. Andere Raumschiffe sollen Planeten finden, damit die Menschheit überleben kann.

„Kapitän, die Signale des Urknall-Rauschens nehmen zu, wir können nun eindeutig sagen, aus welcher Richtung sie kommen!", sagte der Wissenschaftsingenieur Jack Taylor.

„Kurs setzen, Jack! Dann treffen wir uns zur Lagebesprechung im Freizeitraum", so Kapitän Brümmer. Die verantwortlichen Besatzungsmitglieder jeder Gruppe trafen sich im Freizeitraum, alle anderen hörten über Bordfunk die neusten Erkenntnisse mit. Jeder im Raumschiff hatte das gleiche Mitspracherecht, ob die Küchenmannschaft, das Reinigungspersonal oder die Wissenschaftsingenieure – jede Gruppe entsandte einen Vertreter zur Lagebesprechung. „Kapitän an Besatzung!", ertönte es aus den Lautsprechern. „Wir sind nun in der fünften Generation auf dem Raumschiff KOLOSSEUS 5000.

The individual spaceships, which were then launched into space, were sent with different orders in an unknown future. ROMEUS 4 has been sent to the final star of the entire universe. Is there nothing left outside the universe? That was the question. Other spaceships should find planets for humanity to survive.

"Captain, the signals of Big Bang noise are increasing, we can now clearly state which direction they are coming from.", said science engineer Jack Taylor.

 "Set course, Jack! Then we meet for a briefing in the recreation room.", says Captain Brümmer. The responsible crew members of each group met in the recreation room, all the others heard about the radio with the latest findings. Everyone in the spaceship had the same say, whether the kitchen crew, the cleaners or the science engineers - each group sent a representative to the briefing. "Captain to crew!", it sounded from the loudspeakers. "We are now in the fifth generation on the spaceship KOLOSSEUS 5000.

Eine große Familie sind wir geworden. Unsere Vorfahren auf diesem Schiff erhielten die Aufgabe, nach dem Urknall zu suchen. Viele Theorien sind entwickelt worden. Wir sind nun die Generation, die das große Rätsel lösen könnte. Was wird uns erwarten? Ingenieur Peter Müller vertritt die Meinung, dass der Urknall eine Überhitzung in einem anderen Parallel-Universum sei. Sozusagen, ein Loch im Raum, welches immer noch aktiv ist. Das würde bedeuten, dass uns eine gewaltige Strahlung entgegen kommt, zwar abgeschwächt, aber noch aktiv. Die Wissenschaftler Cliff Owens und Claudia Steiner sind dagegen der Meinung, dass der Urknall eine einmalige Sache war und längst zum Abschluss kam. Und das Millisekunden nach dem Knall. Das würde bedeuten, dass wir in einen leeren Raum bis zum Anfangspunkt hinein fliegen. Wir wissen nicht was uns erwartet, aber wir werden nun auf Höchstgeschwindigkeit gehen und in Richtung des Anfangspunktes des Universum Kurs halten!"
Die gesamte Mannschaft versetzte sich in Kälteschlaf und raste mit Höchstgeschwindigkeit auf den Mittelpunkt des Universums zu. Je näher sie zum Anfangspunkt kamen, umso vielfarbiger wurde der Weltraum. Sterne und Planeten gab es immer weniger, stattdessen farbige Wolken und Schleier. Immer tiefer stieß die KOLOSSEUS vor, immer näher und näher zum Mittelpunkt.

We have become a big family. Our ancestors on this ship were given the task of searching for the Big Bang. Many theories have been developed. We are now the generation that could solve the big puzzle. What will await us? Engineer Peter Müller believes that the big bang is overheating in another parallel universe. So to speak, a hole in the room, which is still active. That would mean that we receive a huge radiation, although weakened, but still active. The scientists Cliff Owens and Claudia Steiner, however, are of the opinion that the big bang was a one-time thing and came to a close long ago. And the milliseconds after the bang. That would mean that we fly into an empty space to the starting point. We do not know what to expect, but we will now go to full speed heading for the beginning of the universe!"

The entire crew went into cold sleep and set off at full speed for the center of the universe. The closer they got to the starting point, the more colorful was the space. There were fewer and fewer stars and planets, instead colored clouds and veils. Deeper and deeper, KOLOSSEUS pushed forward, closer and closer to the center.

Auf der anderen Seite des Universums flog die ROMEUS 4 ebenfalls in eine ungewisse Zukunft. Hier verkündete Kapitän Steve Wagener: „Hier spricht Ihr Kapitän. Wir sind nun lange unterwegs. Unsere Vorfahren haben uns den Weg geebnet um zum äußersten Stern des gesamten Universums zu gelangen. Was wird uns erwarten? Gibt es nach dem äußersten Stern überhaupt Raum? Wird der Raum durch die Ausdehnung erst geboren? Oder knallen wir gegen eine Hülle, als seien wir in einem riesigen Luftballon? Wir werden es erfahren, demnächst haben wir den letzten Stern erreicht."

Auch die Mannschaft der ROMEUS 4 versetzte sich in Tiefschlaf und flog mit Höchstgeschwindigkeit auf den äußersten Stern des Universums zu. Je näher sie zum Endpunkt kamen, umso dunkler wurde der Weltraum. Sterne und Planeten gab es immer weniger, stattdessen dunkle Wolken und Schleier. Immer tiefer stieß die ROMEUS vor, immer näher zum Endpunkt.

Die Mannschaften erwachten. Die Wolken und Schleier, in die die KOLOSSEUS flog, wurden weniger, ebenso wie bei der ROMEUS. „Kapitän!", schrie Steuermann Wilsen vom Raumschiff KOLOSSEUS. „Schiff voraus!" Die KOLOSSEUS 5000 flog direkt auf die ROMEUS 4 zu.

Die Unendlichkeit des Weltalls ist nun wirklich unendlich!

On the other side of the universe, the ROMEUS 4 also flew into an uncertain future. Captain Steve Wagener announced: "This is your captain. We are now a long way. Our ancestors have paved the way for us to reach the ultimate star of the entire universe. What will await us? Is there any room after the outermost star? Is space born by expansion? Or are we banging against a shell, as if we were in a huge balloon? We will find out, soon we will reach the last star."

The crew of the ROMEUS 4 also went into deep sleep and flew at full speed to the outermost star of the universe. The closer they got to the end point, the darker the space became. There were fewer and fewer stars and planets, instead dark clouds and veils. Deeper and deeper the ROMEUS pushed forward, getting closer to the end point.

The teams awoke. The clouds and veils into which the COLOSSEUS flew became less, just as with the ROMEUS. "Captain!", yelled helmsman Wilsen from spaceship KOLOSSEUS. "Ship ahead!" The KOLOSSEUS 5000 flew directly to the ROMEUS 4.

The infinity of the universe is really infinite!

Nano-Lebewesen aus dem All

Es war ein verregneter Tag in Schottland. Für die Dorfbewohner wieder typisch. Ausgerechnet heute würde die Trauung von Cindy und Jack vollzogen, und nun dieser Regen, einfach typisch! Das ganze Dorf feierte mit, die Vorbereitungen liefen auf Hochtouren, alles fand im Freien statt. Der erste Regen war vorbei, die Wolke kreiste um das Dorf herum. „Erste Gratulanten aus dem Himmel!", flachste der Vater der Braut. Die Arbeiten gingen weiter. „Hauptsache keinen Regen mehr, sonst hätten wir auch ins Schwimmbad gehen können!" „Der Pfarrer ist Nichtschwimmer!" Die Bewohner lachten lauthals. „Klar, unter der Kutte trägt er einen Taucheranzug!"

18 Uhr: „Ja, ich will!", sagte die Braut. Die Wolke wurde wieder dunkler, aber kein Wind kam auf. 20 Uhr: Die Party war in vollem Gange. Auf dem Hof der McDans wurde gefeiert. Es wurde getanzt, sogar Dudelsack-Jimmy gab sein Bestes. 22 Uhr 10: Es tröpfelt. „Eigenartig, bei so einer Wolke müsste es gießen!", sagte ein Musiker. „Tröpfeln geht, nur nicht mehr, sonst müssen die Musikinstrumente ins Haus gebracht werden!" Bis in den frühen Morgen wurde gefeiert, das Tröpfeln fiel gar nicht so ins Gewicht. Die Dorfbewohner schliefen am Sonntag den Rausch aus.

Nano-living things from space

It was a rainy day in Scotland. Typical for the villagers. Just today, the wedding of Cindy and Jack would be completed, and now this rain, just typical! The whole village celebrated, the preparations were in full swing, everything took place outdoors. The first rain was over, the cloud circled the village. "First Wise Men from Heaven!", the bride's father flattened. The work continued. "Mainly no rain, otherwise we could have gone to the pool!" "The pastor is not swimmer!" The residents laughed loudly. "Of course, under the cowl he wears a diving suit!"

6 pm: "Yes, I want!", said the bride. The cloud became darker again, but no wind came up. 8 pm: The party was in full swing. There was a party in the yard of the McDans. There was dancing, even bagpipe Jimmy did his best. 10:10 pm: It dribbles. "Odd, with such a cloud it would have to pour!", said a musician. "Dribble works, just not anymore, otherwise the musical instruments have to be brought into the house!" Until the early morning was celebrated, the dripping was not so important. The villagers slept the drunkenness on Sunday.

Keine Menschenseele war weit und breit zu sehen. Aber am Montag war die Hölle los, zumindest beim Dorfarzt. Alle klagten über rote Kopfhaut, über Ausschlag auf dem Kopf, über Haarausfall. Auch die Apotheke war gut besucht. Es juckte und brannte. Einige Männer ertranken ihren Kummer im Whiskey. Andere Dorfbewohner legten sich früh schlafen. Am nächsten Morgen war der Spuk vorbei, alles war wieder völlig normal. Die Dorfbewohner gingen wieder ihrer täglichen Arbeit nach. Und trotzdem war etwas verändert. Sie trugen Hacken, Schippen und Spaten zusammen. Alles legten sie auf das Feld der Mc Dans. Andere brachten Schubkarren, die Dorfpolizei sperrte die Durchfahrt für den Verkehr. Obwohl hier nur alle drei Tage jemand durchkam.

Unweit des Anwesens gab es eines der Löcher, einen sehr tiefen Meeresarm zum Ozean. Hier begannen Dorfbewohner einen Graben zu schaufeln. Immer mehr Dorfbewohner arbeiteten auf dem Anwesen. Boden wurde abtransportiert, Steine weggetragen. Die Tage vergingen und es entstand langsam ein kreisrundes Loch mit etwa sechzig Meter Durchmesser. Immer tiefer gruben sie. Nun arbeiteten sie Tag und Nacht. Dorfbewohner, die nicht auf der Feier waren, wurden mit einem Wassersprüher besprüht. Dies taten die Kinder.

No human soul was to be seen far and wide. But on Monday, hell was going on, at least at the village doctor. All complained of red scalp, rash on the head, about hair loss. The pharmacy was well visited. It itched and burned. Some men drowned their sorrows in whiskey. Other villagers went to bed early. The next morning the spook was over, everything was completely normal again. The villagers went back to their daily work. And yet something was changed. They carried hoes, shovels and spades together. They put everything on the Mc Dans field. Others brought wheelbarrows, and the village police barred the passage for traffic. Although only every three days someone came through.

Near the estate there was one of the holes, a very deep inlet to the ocean. Villagers began to dig a ditch here. More and more villagers were working on the property. Ground was removed, stones carried away. The days passed and a circular hole about sixty meters in diameter slowly emerged. They dug deeper and deeper. Now they worked day and night. Villagers who were not at the party were sprayed with a water sprayer. This was done by the children.

„Warte Bürschchen, wenn ich dich zu fassen bekomme!",
sagte ein Großvater. Auch er grub am nächsten Morgen mit
den anderen. In etwa vier Metern Tiefe stießen die
Dorfbewohner auf einen metallischen Gegenstand, der wie ein
riesiges Dach aussah. Der Bräutigam trat aus der Masse hervor
und rief: „Normenko Negock Tutschok!" Die Dorfbewohner
stießen einen lauten hellen Schrei aus und wiederholten:
„Normenko Negock Tutschok!" Strahlen kamen aus dem Loch.
Ein Brummen begann. Langsam öffnete sich das unter der Erde
liegende Dach. Wie ein riesiges Schwimmbecken hob sich alles
in die Höhe. Drei Meter über dem Erdboden stoppte die
Aktion. Es begann zu regnen, die große schwarze Wolke stand
wieder über dem Feld. Eine Luke öffnete sich am Becken,
Wasser, nichts als Wasser, floss in den Graben über den
Meeresarm in den Ozean. Die Dorfbewohner standen zwölf
Stunden ganz still und murmelten weiter: „Normeko Negock
Tutschok!" Das Wasser war aus dem Becken gelaufen, das
Dach verschloss sich wieder. Weiterer Boden brach um das
Becken ein, es kam ein Raumschiff hervor. Das hob langsam ab
und bewegte sich in die Regenwolke hinein. Wer ganz genau
schaute, sah in der Regenwolke ein größeres Raumschiff – das
Mutterschiff.

"Wait, boy, if I get you!", said a grandfather. He also dug with the others the next morning. At about four meters, the villagers stumbled upon a metallic object that looked like a huge roof. The groom stepped out of the crowd and shouted, "Normenko Negock Tutschok!" The villagers uttered a loud, bright cry and repeated: "Normenko Negock Tutschok!" Rays came out of the hole. A hum started. Slowly the roof under the earth opened. Like a huge swimming pool, everything rose in the air. Three meters above the ground stopped the action. It started to rain, the big black cloud was over the field again. A hatch opened at the pool, water, nothing but water, flowed into the ditch over the inlet into the ocean. The villagers stood still for twelve hours and kept muttering: "Normeko Negock Tutschok!" The water had run out of the pool, the roof closed again. More ground broke around the pool, it came out a spaceship. It took off slowly and moved into the rain cloud. If you looked closely, you saw a larger spaceship in the rain cloud - the mother ship.

Die Braut versammelte alle Dorfbewohner um sich herum, ihr Brautkleid trug sie noch, es war voller Lehm und Schmutz, es war völlig eingerissen. Nun sprach sie: „Normenko Negock Tutschwir … wir … wir … wir müssen die Sprache annehmen, damit wir nicht erkannt werden. Vor 500.000 Jahren landeten unsere Vorfahren an dieser Stelle. Ihr wisst, dass unser Planet von uns selbst verseucht wurde. Das letzte Wasser konservierte unsere Brüder und Schwestern, die nun in den Meeren dieses Planeten wieder zu leben beginnen. Bei jedem Kontakt mit den Menschen übernehmen wir sie. Über die Trinkwasserversorgung oder aber auch über die Regenwolken. Mit unserer kleinen Nano-Größe dringen wir über die Haut oder Blutbahnen ein. Nun geht eure Wege weiter. In etwa zwei Jahren ist die Aktion abgeschlossen!" Und für die Menschen begann das Unheil!

The bride gathered all the villagers around her, she still wore her bridal gown, it was full of mud and dirt, it was completely torn. Now she spoke: "Normenko Negock Tutschwir ... we ... we ... we have to accept the language, so that we are not recognized. 500000 years ago, our ancestors landed here. You know that our planet has been contaminated by ourselves. The last water preserved our brothers and sisters who are now beginning to live in the seas of this planet. Every time we get in contact with people, we take care of them. About the drinking water supply or also about the rain clouds. With our small nano-size, we penetrate through the skin or bloodstream. Now your ways continue. In about two years, the action is complete!" And for the people began the disaster!

Verschollen im Nichts

Der Countdown läuft, die Triebwerke sind gezündet, die Besatzung des Raumschiffs DARK 5000 ist zuversichtlich, den erteilten Auftrag durchzuführen. Drei!… Zwei!… Eins!… Power! Das Raumschiff hebt planmäßig ab. Von nun an wird einige Zeit vergehen, sodass geklärt werden kann, um welchen Auftrag es sich handelt.

Das Raumschiff DARK 5000 startet von einem der allerletzten Planeten des gesamten Universums. Es befindet sich sozusagen am äußersten Rand des Universums. Nur ein Stern und wenige unbelebte Planeten sind zu überwinden und das Raumschiff ist im Nichts, also außerhalb des Universums. Die Lebewesen auf diesem Planeten beobachten natürlich von Anfang an die Eigenarten der verschieden Nächte. Es gibt Nächte, da schauen sie auf unendlich viele Sonnen, sie schauen in das Universum, es ist dann fast taghell. In anderen Nächten sehen sie nur den eben erwähnten einzelnen Stern, ganz weit entfernt, einsam, alles andere ist absolute Dunkelheit. Die Lebewesen auf diesem Planeten nennen sich THORN, sie sind wissenschaftlich veranlagt, es gibt keine Länder, keine Kriege, keine Armut, keinen Hunger, nur Fragen, Fragen über Fragen.

Lost in nothingness

The countdown has started, the engines have been detonated, the crew of the spaceship DARK 5000 is confident to carry out the order. Three! ... Two! ... One! ... Power! The spaceship takes off as scheduled. From now on, some time will pass, so that it can be clarified which order it is.

The spaceship DARK 5000 starts from one of the very last planets in the entire universe. It is, so to speak, at the very edge of the universe. Only one star and few inanimate planets can be overcome and the spaceship is in the void, outside the universe. Of course, the creatures on this planet observe the peculiarities of the different nights right from the beginning. There are nights, when they look at an infinite number of suns, they look into the universe, it is almost daylight. On other nights they see only the single star just mentioned, very far away, lonely, everything else is absolute darkness. The creatures on this planet call themselves THORN, they are scientifically inclined, there are no countries, no wars, no poverty, no hunger, just questions, questions about questions.

Es ist eine alte Kultur, 90 Prozent der Kulturstätte sind erhalten, man entwickelte sie einfach mit den neuesten Technologien weiter. So hängen überall die Bilder der bekanntesten Wissenschaftler, ob sie nun vor 12000 Jahren gelebt haben oder vor 10 Jahren. Der Planet ist etwa vier Mal so groß wie die Erde, die THORN bewegen sich langsamer, haben einen nach unten korpulenteren Körper als Menschen der Erde. Ihr Kopf ist länglich mit einem Dorn, ringsherum Haare. Die Ohren haben keine Hörmuscheln, da die THORN alles wahrnehmen. Die Zähne sind klein, es sind eher kleine Backenzähne, da sich die THORN nur von Gemüse ernähren. Alle anderen Lebewesen haben eine Daseinsberechtigung auf dem Planet, da sie bei den THORN als Vorfahren angesehen werden. „LOCK, was wächst mir da?", fragt der kleine Ridock seinen Vater, LOCK bedeutet auf dem Planeten „Vater", LOCKUM bedeutet „Mutter".

„Ridock, je älter du wirst, umso größer wird dieser Dorn. In ihm wachsen hoch sensible Hirnwindungen, mit denen wir THORN ohne Worte kommunizieren können, aber auch Naturereignisse wahrnehmen!", antwortet der Vater. Ridocks Vater gehört zu den Wissenschaftlern, die das Projekt DARK 5000 entwickelt haben.

It is an old culture, 90 percent of the cultural site has been preserved, it has simply been developed using the latest technologies. So everywhere hang the pictures of the most famous scientists, whether they lived 12000 years ago or 10 years ago. The planet is about four times the size of the earth, the THORN move slower, have a more corpulent body than humans on Earth. Her head is elongated with a thorn, hair around it. The ears have no earpieces because the THORN perceive everything. The teeth are small, they are rather small molars, because the THORN feed only on vegetables. All other living beings have a right to exist on the planet, as they are considered ancestors of the THORN. "LOCK, what is growing for me?", little Ridock asks his father, LOCK means "father" on the planet, LOCKUM means "mother".

"Ridock, the older you get, the bigger this thorn becomes. In it grow highly sensitive brain threads, with which we can communicate THORN without words, but also perceive natural events!", answers the father. Ridock's father is one of the scientists who developed the project DARK 5000.

Die ursprüngliche Frage der THORN war immer schon, wenn sich das Universum ausdehnt, Zeit und Raum also entstehen, was erwartet uns hinter dem letzten sichtbaren Stern, den die THORN nun seit ihrer Existenz vor 12000 Jahren sehen? Erwartet sie das Nichts? Lösen sie sich in der Dunkelheit auf? Entsteht mit ihrem Hineinfliegen mit einem Raumschiff Zeit und Raum? Die ersten Raumschiffe schafften keine hohen Geschwindigkeiten, DARK 4000 erreicht fast den letzten Stern, der zu überwinden war, um in die Dunkelheit zu fliegen. Den Stern nennen die THORN HOPE RIMOCK 7706, Hope bedeutet dabei, wie auf der Erde Hoffnung, RIMOCK ist der Vorfahre von Ridock, die Zahl ist das Entdeckungsjahr. Erst mit der Versuchsreihe DARK 5000 wird der Antrieb so verändert, dass ein Lichtsprung erreicht wird. Entwickelt und erforscht werden Lichtsprünge vom Team um Ridocks Großmutter. Immer schon sah man, dass Licht sofort nach dem Einschalten einer Lichtquelle zu sehen war. Früh wurde die Formel für Lichtgeschwindigkeit entwickelt, die im Weltall universal ist. Dennoch war es den THORN zu langsam, sie entwickelten die Lichtsprünge. Dabei wird ein Objekt anvisiert, welches man erreichen möchte und man benutzt die aussendenden Lichtstrahlen, um eine Verdoppelung der Geschwindigkeit zu erreichen.

The original question of the THORN has always been, when the universe expands, time and space emerge, what awaits us behind the last visible star that the THORN have seen since their existence 12000 years ago? Does she expect nothingness? Do you dissolve in the dark? Does your spaceship make time and space come with a spaceship? The first spaceships did not make high speeds, DARK 4000 nearly reached the last star to be overcome to fly into the dark. The star is called the THORN HOPE RIMOCK 7706, Hope means hope on earth, RIMOCK is the ancestor of Ridock, the number is the year of discovery. Only with the test series DARK 5000 the drive is changed so that a jump in light is achieved. Light jumps are developed and researched by the team around Ridock's grandmother. It has always been seen that light was seen immediately after switching on a light source. Early on, the formula for the speed of light was developed, which is universal in space. Nevertheless, the THORN was too slow, they developed the light leaps. An object is targeted which you want to reach and you use the emitting light rays to double the speed.

Die DARK 5000 hat die maximale Geschwindigkeit erreicht. Die anvisierte Quelle ist der Stern HOPE RIMOCK 7706. Größte Aufmerksamkeit muss es kurz vor Erreichen des Sterns geben, da das Raumschiff sonst in den Stern fliegt und explodiert. „In 50 Senkuren sind die Triebwerke umzuschalten, danach ist der neue Kurs auf Umfliegen des Sterns von Hand zu setzen!", sagt der Kommandant der DARK 5000 zum Steuermann. „Wie lege ich den neuen Kurs fest, Kommandant?", fragt Steuermann Drehms. „Wenn ich das nur wüsste! Wie legt man das Nichts fest?", antwortet Kommandant Renkin. Höchste Aufmerksamkeit ist angesagt, Nervosität, noch 10 Senkuren … drei … zwei … eins … Umschaltung auf Handbetrieb. Mit einem Abstand von nur 10.000 Klionen, das sind etwa 150.000 Kilometer, schießt das Raumschiff an dem Stern vorbei. Der Monitor auf das Zurückliegende zeigt den immer kleiner werdenden Stern HOPE RIMOCK 7706 und das schwindende Weltall. Auf dem vorausschauenden Bildschirm ist die Dunkelheit, das Leere, das Nichts zu sehen. Wie viele Theorien gibt es, wenn dieser Schritt überwunden wird. Gibt es eine Grenze des Raums? Fliegt man vor eine Wand? Ist das Universum endlich oder unendlich?

The DARK 5000 has reached the maximum speed. The targeted source is the star HOPE RIMOCK 7706. Great attention must be given just before reaching the star, otherwise the spaceship will fly into the star and explode. "In 50 sinkings, the engines are to switch, then the new course on flying around the star to set by hand!", says the commander of the DARK 5000 to helmsman. "How do I set the new course, Commander?", asks Steuermann Drehms. "If only I knew that! How do you fix the void?", replies Commander Renkin. Highest attention is called, nervousness, another 10 sinking ... three ... two ... one ... switching to manual mode. At a distance of only 10000 klions, that is about 150000 kilometers, the spaceship shoots past the star. The monitor on the past shows the ever-diminishing star HOPE RIMOCK 7706 and the waning space. On the predictive screen is the darkness, the void, the nothing to see. How many theories are there if this step is overcome? Is there a limit to the space? Do you fly in front of a wall? Is the universe finite or infinite?

Wie auch immer, das Raumschiff DARK 5000 fliegt immer tiefer ins Nichts. Da es kein Ziel gibt, fliegt das Raumschiff nur noch mit Lichtgeschwindigkeit, das Universum wird immer kleiner, wenn die Besatzung auf den Rückmonitor schaut. Noch hat die Besatzung Funkkontakt mit der Heimatwelt. Das ist für alle Beteiligten logisch, solange man das Licht des Universums sieht, lassen sich auch Lichtsignale zurückschicken. Wie lange noch? Die Bordinstrumente zeigen nur noch wenig an. Die Zeit vergeht, das Universum ist nur noch als ein winziger Punkt zu sehen. Solange weiß die Besatzung, dass sie tiefer ins Nichts fliegt. „Kommandant, mir wird mulmig. Wir haben doch bewiesen, dass es Raum gibt, in das sich das Universum ausdehnen kann, sollten wir nicht lieber umkehren?", fragt ängstlich der Steuermann. „Zeigen die Instrumente noch die Richtung der Heimat an?", fragt Kommandant Renkin. „Ja, aber alle anderen Instrumente stehen auf null!", antwortet Drehms. Die Besatzung wertet gerade alle Ergebnisse aus, als Steuermann Drehms schreit: „Alles auf null!" „Das Raumschiff sofort stoppen und wenden!", ruft der Kommandant. Zu spät, es gab keine Orientierung mehr, das Raumschiff DARK 5000 verschwindet in der Dunkelheit, es befindet sich nun im Nichts.

Anyway, the spaceship DARK 5000 flies deeper and deeper into nowhere. Since there is no target, the spaceship flies only at the speed of light, the universe is getting smaller, when the crew looks at the rear monitor. The crew still has radio contact with the homeworld. This is logical for all concerned, as long as one sees the light of the universe, light signals can also be sent back. For how much longer? The onboard instruments indicate only a little. Time passes, the universe can only be seen as a tiny point. As long as the crew knows that they fly deeper into nowhere. "Commander, I'm feeling queasy. We have proved that there is room in which the Universe can expand, should we not prefer to repent?", asks the helmsman anxiously. "Do the instruments still indicate the direction of the homeland?", asks Commander Renkin. "Yes, but all other instruments are zero!", replies Drehms. The crew is evaluating all the results, as Steuermann shouts Drehms: "Everything to zero!" "Stop the spaceship immediately and turn!", shouts the commander. Too late, there was no orientation, the spaceship DARK 5000 disappears in the dark, it is now in the void.

Schattenwesen

„NEGUA 7 an Basis! In vierzehn Stunden erreichen wir den Außenposten LOPA 6B auf dem Mars. Wir kontrollieren noch den Planet L77KL9. Seltene Erden wurden vom Computer angezeigt. Das Außenteam wird von Chefingenieur Dresen geleitet. Nach der Rückkehr der Mannschaft schalten wir auf Lichtgeschwindigkeit. Wir können dann nicht kommunizieren. Okay?", mit diesem Satz beendete Raumschiffkapitän Logan vom internationalen Erkundungsraumschiff EAGLE 2000 die Kommunikation mit Mars und Erde. Die Weltbevölkerung war explodiert, Nahrungsmittel und Materialien gingen langsam zu Ende. Die Staaten investierten viel zu viel in Kriege. Ein Miteinander hätte allen geholfen. Nur gut, dass die Raumfahrt noch gefördert wurde. So war der Außenposten auf dem Mars mit 4500 Menschen im Aufbau eines neuen Lebensraums. Nahrungsmittel wurden angebaut, Raumschiffhäfen gebaut, vielleicht für eine neue Zukunft der Menschheit, vielleicht, denn auf der Erde warten Milliarden auf eine Zukunft. Aber es gibt auch positive Botschaften, so hat EAGLE ONE Gold Erze von weit entlegenen Planeten abbauen und transportieren können. Selbstverständlich wird dieses Gold nicht für Schmuck verwendet, es fließt in die Elektronik. In den Umlaufbahnen von Erde, Mond und Mars befinden sich die riesigen Raumstationen STATION 4, DELTA 88 und NOSTROY 1.

Beings in the shade

"NEGUA 7 on base! In fourteen hours we reach the outpost LOPA 6B on Mars. We still control the planet L77KL9. Rare earths were displayed by the computer. The outside team will be led by chief engineer Dresen. After the crew returns, we switch to the speed of light. We can not communicate then. Okay? ", with this sentence spaceship Captain Logan of the international reconnaissance spacecraft EAGLE 2000 ended the communication with Mars and Earth. The world population had exploded, food and materials were slowly coming to an end. The states invested far too much in wars. A togetherness would have helped everyone. Luckily, space travel was still promoted. So was the outpost on Mars with 4500 people in the construction of a new habitat. Food was grown, space ship ports were built, maybe for a new future of humanity, maybe, because billions on the planet are waiting for a future. But there are also positive messages, so EAGLE ONE has been able to mine and transport ores from far-flung planets. Of course, this gold is not used for jewelry, it flows into the electronics. Earth's, Moon's and Mars's orbits include the vast space stations STATION 4, DELTA 88 and NOSTROY 1.

Alle Länder der Erde arbeiten nun endlich zusammen um die Lebensräume der Erde zu sichern.

NEGUA 7 hat nun eine weite Reise hinter sich. Das einzige Raumschiff das Lichtgeschwindigkeit erreicht hat 3 Jahre andere Planeten besucht und viel Material eingesammelt. In den Frachträumen hatte es riesige Container geladen und ineinander gestülpt. Diese wurden mit vielen Erzen befüllt und auf die Reise in Richtung Erde geschickt. Es kann Jahre und Jahrzehnte dauern, bis sie mit der Unterlichtgeschwindigkeit in Erdnähe eingesammelt werden. Die Container sind nun aus den Frachträumen des Raumschiffs. Mit seltenen Gewächsen, die auch in Lebensfeindlichen Gegenden wachsen können und für Nahrung sorgen, kehrt NEGUA 7 nun zurück. Der Bordcomputer entdeckte vorher aber noch einen Planeten mit seltenen Erden, diese werden immer noch dringend in der Elektronik verarbeitet und gebraucht. Inzwischen landete Chefingenieur Dresen mit seinem Außenteam auf dem Planet L77KL9. Die Messgeräte zeigten bestes Material an. Dresen funkte zum Raumschiff, dass es sich lohnen würde, eine Abbauanlage zu errichten. Diese Anlage baut die Erze, in einer vorher vorbestimmten Region, automatisch ab und verlädt sie in Containern. Haben diese ihre Füllmenge erreicht, schießt sie ein Roboter automatisch in den Weltraum Richtung Erde.

All countries of the world are finally working together to secure the Earth's habitats.

NEGUA 7 has now made a long journey. The only spaceship that has reached the speed of light has visited other planets for 3 years and collected a lot of material. In the cargo holds it had loaded huge containers and put them in each other. These were filled with many ores and sent on the journey towards the earth. It may take years and decades for them to be collected at sub-light speed near the earth. The containers are now out of the cargo holds of the spaceship. With rare plants that can also grow in hostile areas and provide food, NEGUA 7 now returns. The on-board computer discovered before but still a planet with rare earth, these are still urgently processed and used in the electronics. Meanwhile Chief Engineer Dresen landed with his field team on the planet L77KL9. The gauges showed the best material. Dresen radioed to the spaceship that it would be worthwhile to build a mining facility. This plant automatically mines the ores, in a pre-determined region, and loads them into containers. Once they have reached their capacity, a robot automatically shoots them into space towards the earth.

Eine dieser Anlagen befand sich noch an Bord. Der freigewordene Frachtraum würde natürlich mit Erzen gefüllt werden. Chefingenieur Dresen fragte die Biologin Lydia Georgens nach dem größtmöglichen Abbaugebiet. Über die im Raumanzug eingebaute Kommunikationsanlage antwortete sie: „Rodmenges gedurcht niotrozola." „Verstehe kein Wort!", rief Dresen. Er machte sich auf den Weg zu ihr, gab es Übertragungsprobleme? Er klopfte die Biologin von hinten auf den Raumanzug. „Was sagten sie gerade, ich habe nichts verstanden!" Lydia Georgens drehte sich langsam um und wiederholte: „Rodmenges gedurcht niotrozola." Dresen antwortete ganz ruhig: „Regonowa gedurcht." Inzwischen meldete sich Raumschiffkapitän Logan beim Außentrupp: „Die Berechnungen für die Abbauanlage steht. Warum höre ich von euch nichts mehr? Gibt es einen Defekt in der Kommunikations-Anlage?" Auf dem Monitor sah Logan lediglich das Zeichen „Okay" … wir kommen zurück.

Das Außenteam versammelte sich und flog zum Mutterschiff zurück. Dort angekommen rief Logan dem Team zu: „Ich bin froh, dass ihr wieder hier seid, außer der defekten Kommunikation sah ich schwarze Schatten um euch herum, habt ihr das nicht bemerkt?" Chefingenieur Dresen zog seinen Raumanzug aus und drehte sich zum Kapitän.

One of these plants was still on board. The freed cargo hold would of course be filled with ores. Chief engineer Dresen asked biologist Lydia Georgens about the largest possible mining area. She answered via the communication system installed in the space suit: "Rodmenges dread niotrozola." "Do not understand a word!", cried Dresen. He made his way to her, there were transmission problems? He tapped the biologist on the spacesuit from behind. "What did they just say, I did not understand anything!" Lydia Georgens turned around slowly and repeated: "Rodmenges dread niotrozola." Dresen replied quite calmly: "Regonowa dreaded." In the meantime spaceship Captain Logan reported to the outside squad: "The calculations for the Mining plant stands. Why do not I hear from you anymore? Is there a defect in the communication system?" On the monitor Logan saw only the sign "Okay"... we come back.

The outside team gathered and flew back to the mothership. Once there, Logan shouted to the team: "I'm glad you're back here, except for the broken communication, I saw black shadows around you, did not you notice?" Chief Engineer Dresen removed his spacesuit and turned to the captain.

Der erschrak und blickte in pechschwarze Augen: „Rodmenges gedurcht!", sagte Dresen. Logan drückte gerade noch irgendeinen Knopf am Schaltpult, bevor er von einem der schwarzen Schatten übernommen wurde. „Loginos gedurcht", sagte der Raumschiffkapitän danach. Weitere fast 80000 Schatten kamen an Bord. Das Raumschiff steuerte in Richtung Mars. „LOPA 6B auf dem Mars ruft das Raumschiff NEGUA 7, hört ihr uns? Die Raumhäfen auf dem Mars sind überlastet. Bitte fliegt zum Außenposten TITAN und geht in Wartestellung." Das Raumschiff NEGUA 7 steuerte den Mond Titan an, das wurde so von der Mars-Crew berechnet und im Automatik-Betrieb eingestellt. „In drei Stunden ist das Raumschiff NEGUA 7 dort angekommen, schnell die Auswertungen bitte!", sagte Sicherheitschef Nels Gordon zur Mannschaft. Noch eine Stunde … 30 Minuten … „Hier die Auswertungen, Mr. Gordon, wir haben Sichtkontakt zum Schiff!", rief Lex Andersen aus der Sicherheitsmannschaft. Nels Gordon studierte schnell die Auswertungen. „Eine Leitung zum obersten Präsidenten, schnell!" Am Kommunikator, früher das rote Telefon, waren sofort alle Präsidenten der Länder auf der Erde parallel geschaltet. General Somatin war der Sprecher und gab sofort grünes Licht. In der Zwischenzeit war das Raumschiff NEGUA 7 am Mond Titan angelangt.

The shocked and looked in pitch-black eyes: "Rodmenges dreaded!", said Dresen. Logan just pressed some button on the console before he was taken over by one of the black shadows. "LOGINOS GEDURCHT", said the starship captain afterwards. Another almost 80000 shadows came on board. The spaceship headed for Mars. "LOPA 6B on Mars calls the spaceship NEGUA 7, are you listening? The spaceports on Mars are overloaded. Please fly to the TITAN outpost and wait." The spacecraft NEGUA 7 headed for the moon Titan, which was calculated by the Mars crew and set in automatic mode. "In three hours, the spaceship NEGUA 7 arrived there, quickly the evaluations please!", said security chief Nels Gordon to the team. Another hour ... 30 minutes ...

"Here are the evaluations, Mr. Gordon, we have visual contact with the ship!" Exclaimed Lex Andersen from the security team. Nels Gordon quickly studied the evaluations. "A line to the supreme president, fast!" At the communicator, formerly the red telephone, all presidents of the countries on Earth were immediately connected in parallel. General Somatin was the spokesman and immediately gave the green light. In the meantime, the spacecraft NEGUA 7 had arrived at Moon Titan.

Es gab keine Kommunikation, weder vom Schiff und schon gar nicht von der Mars-Station. „Station Kill!", ordnete Sicherheitschef Nels Gordon an. Zwei Sekunden später explodierte der Mond Titan und vernichtete das Raumschiff NEGUA 7. Was war passiert?

Der Knopf, den Raumschiffkapitän Logan gedrückt hatte, nahm alle Informationen, Stimmen und Bilder auf. Der Bordcomputer analysierte alles. Bei unter Lichtgeschwindigkeit sendete der Bordcomputer alles zur Erde. Die Botschaft lautete: „WARNUNG! Eindringlinge an Bord… alle Crewmitglieder wurden übernommen … 79.877 weitere körperlose Außerirdische an Bord … sie wollen in menschliche Hüllen transformieren … sie wollen die Erde übernehmen … WARNUNG!" In allen Ländern der Erde wurde in den Präsidentengebäuden eine Tafel aufgestellt, mit den Worten: „Wir alle danken Raumschiffkapitän William Logan. Ohne Brot, Wasser und Natur gibt es diese Welt nicht mehr, aber dafür können wir zusammen sorgen. Ohne William Logan allerdings, gäbe es uns alle nicht mehr! Dank William Logan, von den Präsidenten und Menschen dieser Erde!"

There was no communication, either from the ship, and certainly not from the Mars station. "Station kill!", ordered security chief Nels Gordon. Two seconds later, the moon exploded Titan and destroyed the spaceship NEGUA 7. What happened?

The button that Space Captain Logan had pressed picked up all the information, voices, and pictures. The on-board computer analyzed everything. At light speed, the on-board computer sent everything to earth. The message was: "WARNING! Invaders aboard ... all crew members were taken on board ... 79877 other disembodied extraterrestrials aboard ... they want to transform into human envelopes ... they want to take over the earth ... WARNING!" In all the countries of the world, a plaque was set up in presidential buildings, saying: "We all thank Starship Captain William Logan. Without bread, water and nature, this world no longer exists, but we can take care of that together. Without William Logan, however, we would all be gone! Thanks to William Logan, from the presidents and people of this earth!"

Hoka Hey

Der Truck, vollbeladen mit Benzin, raste direkt auf die Tankstelle zu. Der Highway war abschüssig. Hinter der Tankstelle ging es bergauf. Ob die Bremsen versagten, der Fahrer einen Fehler machte, es ist nicht bekannt. Das über 20 Meter lange Gefährt schleuderte und drehte sich. Der Wüstensand wirbelte auf. Niemand ahnte etwas in der Tankstelle. Jennys sechsten Geburtstag wollte man feiern. Dann krachte es. Der Truck schob die Zapfsäulen wie Spielzeug zur Seite. Benzinfontänen schossen durch die Luft. Zur Seite gekippt lag das Ungetüm vor der kompletten Tankstelle. Die 32 Grad im Schatten, die Benzindämpfe, das auslaufende Benzin, alles das ließ nichts Gutes für die 12 eingeschlossenen Menschen erwarten. Gut, dass ein Kurzschluss in der Außenbeleuchtung, mit der Aufschrift "Hoka Hey Driver", den Strom abgestellt hat. Sonst wäre es schon zur Explosion gekommen. Die Tankstelle ist schon seit Generationen im Besitz der Familie Hatah. Es ist ein indianischer Name. Hoka Hey hieß der Großvater oder der Urgroßvater. Das Aufschreien der Kinder, der Schock der Erwachsenen, legte sich langsam. Leider gab es nur nach vorne Fenster und Türen. Das lag daran, dass zur Rückseite die Sandstürme den Sand immer auftürmten. Nun lag der Truck vor Fenster und Türen.

Hoka Hey

The truck, full of gas, raced straight for the gas station. The highway was downhill. Behind the gas station it went uphill. Whether the brakes failed, the driver made a mistake, it is unknown. The vehicle, over 20 meters long, hurled and spun. The desert sand-spun up. No one suspected something in the gas station. You wanted to celebrate Jenny's sixth birthday. Then it crashed. The truck pushed the pumps away like toys. Gasoline fountains shot through the air. Tilted to the side lay the monster in front of the entire gas station. The 32 degrees in the shade, the gasoline fumes, the leaking gasoline, all this did not bode well for the 12 trapped humans. Good that a short circuit in the exterior lighting, labeled "Hoka Hey Driver", has turned off the power. Otherwise it would have already exploded. The gas-station has been owned by the Hatah family for generations. It is an Indian name. Hoka Hey was the name of the grandfather or great-grandfather. The cry of the children, the shock of the adults, was slow. Unfortunately, there were only forward windows and doors. That was because the sandstorms always piled up the sand on the back. Now the truck was lying in front of windows and doors.

Die Kinder mussten sich flach auf den Boden legen, um nicht so viel Dämpfe einzuatmen. Alle Erwachsenen gruben ein Loch, um auf die andere Seite fliehen zu können. Fliehen vor einer riesigen und tödlichen Explosion. Es war nur eine Frage der Zeit. Sie gruben unaufhörlich und in der Tankstelle, türmte sich ein Sandberg. Eine feste Platte stoppte ihr Bestreben, in die Freiheit zu gelangen. Sie klopften die Platte ab. Kein Holz, kein Metall, kein Stein. Etwas Leichtes und dumpfes. War es die Rettung oder mussten sie aufgeben? Da war ein eigenartiger Riegel, nicht zum Ziehen, nicht zum Drehen. Er bewegte sich nach innen. Langsam, etwas knirschend vom Sand, öffnete sich die Tür. Es war eine Luke. Frischer Sauerstoff kam ihnen entgegen. Jennys Vater, stieg zuerst ein, dann die Kinder und jetzt alle anderen Erwachsenen. Das Kleid von Jennys Mutter blieb an einem inneren Hebel hängen. Die Luke schloss sich wieder. Es war hell in dem Raum.
Woher kommt das Licht? Weitere Türen öffneten sich. Technische Geräte vermischten sich mit indianischen Werkzeugen. Ein durchsichtiger Sarg war zu sehen. Es lag ein Mensch darin, ein Indianer. Was sollten sie nur tun? Diese Knöpfe, diese Beschriftungen, dieses Licht. Alle haben so etwas noch nie gesehen, wohl aus Science- Fiction-Filmen.

The children had to lay flat on the floor so as not to breathe in so much steam. All adults dug a hole to escape to the other side. Flee from a huge and deadly explosion. It was only a matter of time. They dug incessantly and in the gas station, a sand mountain piled up. A solid record stopped their efforts to reach freedom. They knocked off the plate. No wood, no metal, no stone. Something light and dull. Was it the rescue or did you have to give it up? There was a strange latch, not for pulling, not turning. He moved inward. Slowly, a bit crunching from the sand, the door opened. It was a hatch. Fresh oxygen came to meet them. Jenny's father got in first, then the kids and now all the other adults. Jenny's mother's dress stuck to an inner lever. The hatch closed again. It was light in the room. Where does the light come from? More doors opened. Technical devices mingled with Native American tools. A transparent coffin was visible. There was a human inside, an Indian. What should they do? These buttons, these labels, this light. Everyone has never seen anything like that, probably science fiction movies.

Sollte es etwa ein Ufo sein? In diesem Augenblick gab es eine riesige Explosion. Der Truck explodierte. Selbst wenn sie frei und schnell gewesen wären, wie hätten sie es schaffen können? Nach dem Feuer wachten alle unbeschadet in der Wüste auf. Sie konnten sich an nichts mehr erinnern. Ein weiterer Mann war bei ihnen. War es ein Durchreisender? Oder der Truckfahrer?

Niemand wusste es. Auf seiner Halskette waren in indianischer Schrift die Symbole: „Hoka Hey", übersetzt: „Pass' auf"

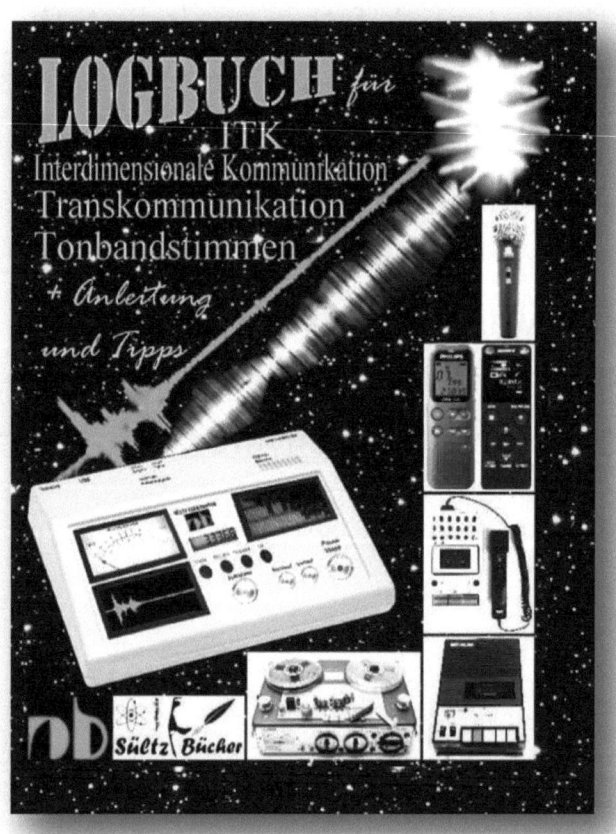

Should it be a UFO? At that moment there was a huge explosion. The truck exploded. Even if they had been free and fast, how could they have done it? After the fire everyone woke up unscathed in the desert. They could not remember anything. Another man was with them. Was it a transient? Or the truck driver?

Nobody knew it. On his necklace were in Indian script the symbols: "Hoka Hey", translated: "Pass' on"

Verloren im Universum

Die Menschheit gab es schon lange nicht mehr. 80 Milliarden Jahre nach Erdenzeit ist es im Universum dunkel geworden. Die Schwarzen Löcher innerhalb der Galaxien haben so gut wie alle Sterne und Planeten geschluckt. Vereinzelt sah man noch hier oder dort etwas leuchten. Der Raum zwischen den ehemaligen Galaxien ist unendlich weit und unendlich leer geworden. Bald würden die Schwarzen Löcher keine Nahrung mehr haben. Da sie so weit voneinander entfernt waren, konnten sie sich nicht gegenseitig beeinflussen, sie würden einfach nur verhungern und sich auflösen. Von Beginn des Urknalls an hat sich das Universum um den Faktor eine Quadrillion vergrößert. Um die Menschheit zu retten, baute man ein Raumschiff, noch bevor die große Katastrophe eintrat. Ein Himmelskörper raste auf die Erde zu, er war nur minimal kleiner als der Mond. Alle Weltmächte taten sich zusammen, aber es gab keine erfolgreichen Gegenmaßnahmen. Nun gab es verschiedene Meinungen der Wissenschaftler. Einige glaubten, dass der Geist weiterhin existieren würde, dann ließ man geschehen, was geschah. Andere glaubten an eine Parallelwelt und gingen davon aus, dass es mit ihnen dort sowieso weiterginge.

Lost in the universe

Humanity has not existed for a long time. 80 billion years after Earth's time it has become dark in the universe. The black holes within the galaxies have swallowed just about every star and planet. Occasionally you could still see something here or there. The space between the former galaxies has become infinitely wide and infinitely empty. Soon, the black holes would be out of food. Because they were so far apart, they could not influence each other, they just starved and dissolved. From the beginning of the Big Bang, the universe has grown by a factor of a quadrillion. To save humanity, a spaceship was built before the Great Catastrophe occurred. A celestial body raced toward the earth, it was only minimally smaller than the moon. All the world powers got together, but there were no successful countermeasures. Now there were different opinions of the scientists. Some believed that the spirit would continue to exist and then let it happen. Others believed in a parallel world and assumed that they would continue there anyway.

Wieder andere glaubten an die Einmaligkeit des Menschen und seines Seins, sie wollten im Universum ein neues Zuhause suchen. Die letzten Jahre auf der Erde vergingen also entweder im völligen Chaos oder aber an anderer Stelle, in ruhiger Erwartung.

8 Monate, 7 Tage und 11 Stunden vor dem Einschlag auf die Erde, startete das Raumschiff EARTHLING 2666. Das Raumschiff wurde angetrieben von der Dunklen Energie, die zog das Raumschiff immer schneller an den Rand des Universums. Um die Kältekammern mit Energie zu versorgen, griff man einfach in den Weltraum und sammelte Dunkle Materie ein, davon war ja genug vorhanden. Während des Kälteschlafs benötigte die Mannschaft keine Nahrung, danach standen Nahrungsersatzstoffe zu Verfügung, nicht schmackhaft, aber man konnte davon leben. Die Mannschaft auf der EARTHLING 2666 beschloss, die Vernichtung der Erde nicht miterleben zu wollen. Bereits kurz nach dem Start gingen alle in den Tiefschlaf. Von der Erde aus wurde die Reise des Raumschiffs die letzten acht Monate überwacht, bevor der Einschlag die Erde völlig zerstörte. Die Reisegeschwindigkeit begann durch die Dunkle Energie langsam und steigerte sich dann auf Lichtgeschwindigkeit.

Still others believed in the uniqueness of man and his being, they wanted to find a new home in the universe. So the last years on earth have either passed in complete chaos or elsewhere, in quiet expectation.

8 months, 7 days and 11 hours before the impact on the Earth, launched the spaceship EARTHLING 2666th The spaceship was powered by the dark energy, which pulled the spaceship ever faster to the edge of the universe. To supply the cold chambers with energy, you simply reached into space and collected dark matter, there was enough of that. During the cold sleep, the crew needed no food, then food substitutes were available, not tasty, but you could live on it. The crew at the EARTHLING 2666 decided not to want to witness the destruction of the earth. Already shortly after the start everyone went into deep sleep. From Earth, the spaceship's voyage was monitored for the last eight months before the impact completely destroyed the Earth. The cruising speed started slowly through the dark energy and then increased to the speed of light.

Die Wissenschaftler berechneten ein Aufwachen aus dem Kälteschlaf nach etwa zwanzig Jahren. Dabei machten sie allerdings den Fehler, dass, wenn das Raumschiff mit Lichtgeschwindigkeit auf einen Himmelskörper zuflog, immer wieder bis auf wenige Stundenkilometer abgebremst wurde und es das Objekt umfliegen musste. Und danach, wenn der Weg frei war, es erst wieder auf Lichtgeschwindigkeit ansteigen konnte.

Das Universum dehnte sich immer schneller aus. Viele Sterne und Galaxien stießen zusammen, aber alles wurde nach außen gezogen. Das im Raumschiff verbaute Antigravitations-Modul arbeitete zwar einwandfrei, doch glaubte man, dass es auch bei Lichtgeschwindigkeit Berechnungen durchführen konnte. Das war ein Irrtum und so bremste das Notlauf-Modul immer die Geschwindigkeit ab. Das alles ist nicht weiter tragisch, aber statt der zwanzig Jahre Kälteschlaf war das Raumschiff nun fast 67 Milliarden Jahre unterwegs. Das Raumschiff schaffte es knapp bis an die Außengrenze des Universums. Es flog auf ein Nichts zu. Zurückgeschaut sah man nur noch wenige leuchtende Objekte. Die Mannschaft wachte irgendwann auf, nach der Berechnung des Computers zur genau eingestellten Zeit nach zwanzig Jahren, von den eigentlichen 67 Milliarden Jahren wussten die Besatzungsmitglieder nichts. Alle waren wie geschockt. Niemand hatte eine Erklärung.

The scientists calculated a wakeup from cold sleep after about twenty years. However, they made the mistake that when the spaceship with light speed on a celestial body flew, was slowed down again and again to a few kilometers per hour and it had to fly around the object. And after that, when the way was clear, it could only rise again to the speed of light.

The universe was expanding faster and faster. Many stars and galaxies collided, but everything was pulled outward. Although the antigravity module built into the spaceship worked perfectly, it was believed that it could perform calculations even at the speed of light. That was a mistake and so braked the emergency engine module always the speed. All of this is not tragic, but instead of twenty years of cold sleep, the spaceship has now traveled almost 67 billion years. The spaceship made it just to the outer edge of the universe. It flew to nothingness. Looking back, one saw only a few luminous objects. The crew woke up eventually, after computing the computer at the exact time set after twenty years, of the actual 67 billion years, the crew members knew nothing. Everyone was shocked. Nobody had an explanation.

Und dann ging alles sehr schnell. Die letzte Materie wurde von den Schwarzen Löchern aufgesaugt. Sie selbst lösten sich in Nichts auf. Dann gab es keine Materie mehr im Universum, keine Zeit, nur noch das Nichts, eine Leere. Und wer meint, in diese Leere, ins Schwarze zu schauen, das wäre das Nichts, der irrt. Die Besatzung stand wie versteinert vor dem geöffneten Plasmafenster und sah das absolute Nichts auf sich zu kommen. Das Universum wurde von innen nach außen aufgelöst. Immer näher kam dieses absolute Nichts. Dann traf es auf das Raumschiff und den übriggebliebenen Rest des Universums. Nun gab es nichts mehr, nichts erinnerte noch an Zeit, Materie, Raum, spielende Kinder. „Hallo, wir sind hier! Seid gegrüßt!", sagte eine Stimme. Die Raumschiff-Crew wurde von strahlenden Wesen begrüßt. „Wartet, wir zeigen uns, wie wir waren, wie ihr uns kennt!" Alle existierten, alle Freunde, alle Familienmitglieder, auch die letzten Wissenschaftler bei der Verabschiedung vor dem großen Flug. „Ja, wir überlebten. Der Himmelskörper kam auf uns zugeschossen. Es wurde heiß. Uns wurde schwarz vor Augen und im gleichen Augenblick befanden wir uns in einem Paralleluniversum. Alle Wissenschaftler hatten damals Recht. Der Mensch als Lebewesen war in seiner Form einmalig, natürlich gab es im Universum verschiedenartiges Leben. Auch die hatten Recht, die gesagt haben, dass der Geist immer

And then everything went very fast. The last matter was absorbed by the black holes. They themselves dissolved into nothing. Then there was no matter in the universe, no time, only nothingness, a void. And who thinks to look into this emptiness, into the black, that would be nothing, wrong. The crew stood petrified in front of the open plasma window and saw the absolute nothing to come up. The universe was dissolved from the inside out. Closer and closer came this absolute nothingness. Then it hit the spaceship and the remainder of the universe. Now there was nothing left, nothing remembered time, matter, space, children playing. "Hello, we are here! Greetings!", said a voice. The spaceship crew was greeted by radiant beings. "Wait, we'll show each other how we were, how you know us!" All existed, all friends, all family members, even the last scientists at the farewell before the big flight. "Yes, we survived. The celestial body came running down on us. It got hot. We felt black and at the same moment we found ourselves in a parallel universe. All scientists were right then. The human being as a living being was unique in its form, of course, there was a diverse life in the universe. Even those were right who said that the spirit

existiert. Und auch die, die an Parallelwelten geglaubt haben.
Und nun warten wir alle auf einen neuen Urknall."

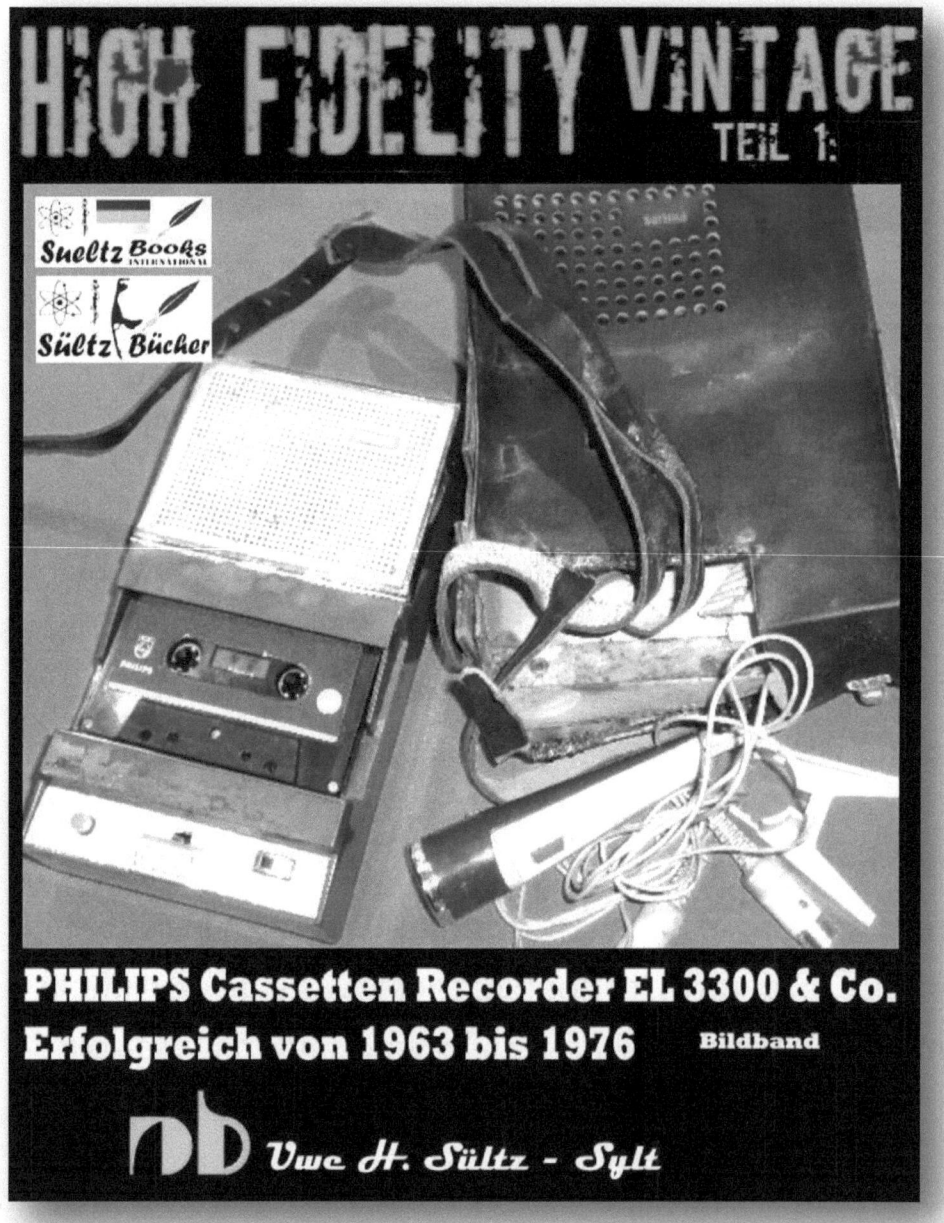

always exists. And also those who believed in parallel worlds. And now we are all waiting for a new big bang. "

Rettungsmission außerhalb aller Grenzen

Das Raumschiff DARK 5000 trieb nun bereits seit mehr als 200 Molanen, das sind etwa 360 Jahre auf der Erde, in der Dunkelheit, im Nichts. Die Besatzung versuchte damals, den letzten Stern im gesamten Universum zu überwinden und über diese Grenze des sich ausdehnenden Weltalls zu fliegen. Erwartete sie weiterer Raum, in das sich das Universum ausdehnen würde oder eine Wand, wie die Außenhaut eines Luftballons? Mittlerweile sind auf dem letztgelegenen Planeten im Universum der THORN Generationen vergangen. Der kleine Ridock, dessen Vater an der Mission der DARK 5000 beteiligt war, wurde ein erfolgreicher Wissenschaftler. Er entwickelte die Raumschiffgeschwindigkeit Solexus, ein Vielfaches der bis dahin möglichen Lichtgeschwindigkeiten, dem sogenannten Lichtsprung. Um nicht noch ein Raumschiff zu verlieren, blieb alles über zwei weitere Generationen Theorie. Heute ist nun der Tag, an dem Ridocks Enkel, Kommandant Riment, mit dem Raumschiff DARK 5000 B einen weiteren Versuch starten sollte, um die Grenzen des Universums zu überwinden. Für Ridock stand es immer fest, dass das Raumschiff DARK 5000 nur verschollen war, sich nicht in der Dunkelheit, dem Nichts, aufgelöst hat. Seine Theorie war: das Nichts ist Etwas. Der Start glückte perfekt.

Rescue mission outside all borders

The spaceship DARK 5000 has been operating for more than 200 molans, that is about 360 years on earth, in the dark, in the nothing. The crew then tried to overcome the last star in the entire universe and fly over that boundary of the expanding universe. Did she expect more space in which the Universe would expand or a wall, like the outer skin of a balloon? In the meantime, generations have passed on the last planet in the THORN universe. Little Ridock, whose father was involved in the DARK 5000 mission, became a successful scientist. He developed the spaceship speed Solexus, a multiple of the hitherto possible speed of light, the so-called light jump. In order not to lose another spaceship, everything remained theory for two more generations. Today is the day on which Ridock's grandson, Commander Riment, with the spaceship DARK 5000 B, should make another attempt to cross the boundaries of the universe. For Ridock, it was always clear that the spaceship DARK 5000 had just disappeared, not dissolved in the darkness, the nothingness. His theory was that nothingness is something. The start succeeded perfectly.

Schnell wurde auf die Geschwindigkeit Solexus umgeschaltet. Von allen Radarerfassungsgeräten verschwand das Raumschiff, diese Geschwindigkeit konnte kein Messgerät verfolgen, kein Kontakt war möglich, einfach nichts. Aber genau das berechnete Ridock damals, es war also alles im grünen Bereich. Ridock hatte aber auch die passende Lösung, Bojen wurden aus dem Raumschiff geschossen, die alle bis dahin gesammelten Informationen und Kommunikationen gesammelt hatten. Diese Bojen blieben genau am Aussetzpunkt stehen, konnten also auch als Wegweiser für einen Rückflug dienen. „Das ist ja wunderbar, die erste Boje sendet. Der Mannschaft geht es gut. Ein Hoch auf unseren verstorbenen Wissenschaftler Ridock!" Die Mannschaft in der Zentrale jubelte und staunte, dass der letzte Stern HOPE RIMOCK 7706 nach nur drei Zenturen überwunden wurde, das waren fünf Millisekunden auf der Erde. Weitere Bojen wurden ausgesetzt. Das Raumschiff DARK 5000 B befand sich schon lange in der Dunkelheit, im Nichts. Damals, bei der vorherigen Mission, gab es ein Problem, als das gesamte Universum nicht mehr sichtbar war, als es als kleiner Punkt verschwand, absolut keine Orientierung mehr möglich war, kein Instrument mehr funktionierte. Mit den ausgesetzten Bojen gab es nun diese Signale.

Quickly switched to the speed Solexus. Of all the radar detection devices, the spacecraft disappeared, this speed could track no meter, no contact was possible, just nothing. But that was exactly what Ridock thought at the time, so it was all right. But Ridock also had the right solution, buoys were shot from the spaceship, which had collected all the information and communications collected so far. These buoys stayed exactly at the point of launch, so they could also serve as a signpost for a return flight. "That's wonderful, the first buoy sends. The crew is fine. High on our deceased scientist Ridock!" The crew in the headquarters cheered and marveled that the last star HOPE RIMOCK 7706 was conquered after only three Centuries, that was five milliseconds on earth. More buoys were suspended. The spaceship DARK 5000 B had been in the dark for a long time, nowhere. Back then, on the previous mission, there was a problem when the entire universe was no longer visible, when it disappeared as a small dot, absolutely no orientation was possible, no instrument worked anymore. With the exposed buoys there were now these signals.

Das Raumschiff DARK 5000 B flog immer weiter ins Nichts, was bedeutete, dass das Nichts etwas war, es gab den Raum, in dem sich unser gesamtes Universum ausdehnen konnte. „Wie weit fliegen wir?", fragte Steuermann Sinks Kommandant Riment. „Der Auftrag lautet, sucht das Raumschiff DARK 5000, falls es einen Raum gibt, in dem sich das Weltall ausdehnen kann!", sagte Riment. Die Zeit verging, das Raumschiff drang immer tiefer ins Nichts ein. „Welch gewaltiger Raum um das Weltall aufgebaut ist, wer hat das wohl erschaffen? Gibt es wirklich kein Ende?", fragte Wissenschaftlerin Blenk an Bord der DARK 5000B. Ihr Kollege Force rief plötzlich: „Ich habe minimale Spuren von einem Lichtsprung-Antrieb gefunden, ansonsten gibt es hier keine Atome, keine Strahlung, einfach nur Nichts!" „Wir folgen der Spur!", befahl der Kommandant. „Alle Informationen sind in der nächsten Boje zu speichern!" „Ein Objekt kommt auf uns zu!", schrie der Steuermann. „Ausweichkurs! Festhalten!", kommandierte Riment. Mit einer Wahnsinnsgeschwindigkeit, das Zigfache der heute bekannten Solexus-Geschwindigkeit, wären sie fast mit dem Objekt kollidiert. Das Objekt stoppte, die DARK 5000 B stoppte ebenfalls. „Hier Kommandant Renkin vom Raumschiff DARK 5000, ich begrüße Sie Kommandant Riment der DARK 5000 B!", sagte die Stimme aus dem Kommunikationsgerät.

The spaceship DARK 5000 B flew farther and farther into nothingness, which meant that nothingness was something, there was the space in which our entire universe could expand. "How far are we flying?", Helmsman Sink's commander Riment asked. "The mission is to find the spaceship DARK 5000, if there is a space in which the universe can expand!", said Riment. Time passed, the spaceship penetrated ever deeper into nothingness. "What huge space is built around the universe, who created it? Is there really no end?", asked scientist Blenk aboard the DARK 5000B. Her colleague Force called suddenly: "I have found minimal traces of a jump-light drive, otherwise there are no atoms here, no radiation, just nothing!" "We follow the track!", commanded the commander. "All information is to be stored in the next buoy!" "An object is approaching us!", shouted the helmsman. "Evasive course! Hold on! ", Commanded Riment. With an incredible speed, tens of times the speed of the Solexus known today, they almost collided with the object. The object stopped, the DARK 5000 B also stopped. "Commander Renkin of the spaceship DARK 5000, I greet you Commander Riment of the DARK 5000 B!", said the voice from the communication device.

Völlig erstaunt antwortete Kommandant Riment: „Wir können uns doch gar nicht kennen, wie kommt es, dass Sie leben? Woher kommen Sie? Wieso können Sie so schnell fliegen?"

Aus dem Lautsprecher kam die Antwort: „Fragen über Fragen, alles wird beantwortet. Alles ist schwer zu verstehen, aber alles wird geklärt. Nur so viel vorab, wir trafen auf ein Paralleluniversum, dort gibt es uns ebenfalls. Ridock lebt hier noch und hat eine noch schnellere Geschwindigkeit entwickelt. Nun kommen wir mit vielen Informationen zurück zu unserem Heimatplaneten. Der Raum für alle Universen scheint grenzenlos zu sein!"

Completely surprised, Commander Riment responded: "We can not know each other, how is it that you live? Where are you from? Why can you fly so fast?" From the speaker came the answer: "Questions about questions, everything is answered. Everything is difficult to understand, but everything is clarified. Only so much in advance, we met a parallel universe, there we are also there. Ridock still lives here and has developed an even faster speed. Now we come back with lots of information to our home planet. The space for all universes seems limitless!"

Das Auge

Woran denken Sie, wenn Sie sich im Badezimmer die Hände waschen? Nach der Rasur die Barthaare wegspülen? Den Zahnbecher mit Wasser füllen? Nichts? Oder: Komme ich zu spät zur Arbeit? Auf keinen Fall, dass Sie beobachtet werden, schließlich lässt sich die Badezimmertür absperren! Nun, genau dies dachte sich wohl auch Angela McCorby, oder auch nicht! Was ist geschehen? Durch einen Defekt, keiner weiß, wie es passieren konnte, ist Abwasser in die Frischwasserzufuhr des Hauses an der Lincoln Street 55 eingedrungen. Lediglich stellte man bislang fest, dass Abwasser der naheliegenden Industrie-Unternehmen in den Garten der McCorby's gelang. Wie jeden Morgen war Angela die letzte im Haus. Noch schnell die Küche aufgeräumt, die drei Kids hinterließen wieder eine Großbaustelle, nun noch das Badezimmer gereinigt, danach ging es ab ins Büro. Der Ablauf fand auch wie immer so statt. Nur, was glitzerte dort im Siphon des Waschbeckens im Badezimmer? Hat ihre Tochter Diana etwa einen Ohrring verloren? Angela schaute sich das glitzernde Etwas genauer an. Immer näher und näher schaute sie in das Waschbecken. Plötzlich sprang ihr etwas ins Auge, es war wohl ein Wassertropfen. Alles schien okay... nun ab ins Büro. Tage später bemerkte Angela, dass sich ihr Augenlicht auf dem rechten Auge verschlechterte.

The eye

What do you think about when you wash your hands in the bathroom? After shaving, wash away the whiskers? Fill the tooth cup with water? Nothing? Or: am I late for work? No way that you are being watched, after all, the bathroom door can be shut off! Well, that's exactly what Angela McCorby thought, or not! What happened? Due to a defect, no one knows how it could happen, sewage has entered the house's fresh water supply at Lincoln Street 55. Only one found so far that sewage of the close industrial enterprises succeeded in the garden of the McCorby's. Like every morning, Angela was the last one in the house. The kitchen was cleaned up quickly, the three kids left behind a big construction site, now the bathroom was cleaned, then it went off to the office. The process also took place as always. But what was sparkling in the siphon of the bathroom sink? Did her daughter Diana lose an earring? Angela took a closer look at the glittering something. Closer and closer she looked into the sink. Suddenly something jumped into her eye, it was probably a drop of water. Everything seemed okay ... now off to the office. Days later, Angela noticed that her eyesight was getting worse in her right eye.

Auch eine Verfärbung und Verdickung stellte sie fest. Zunächst bekämpfte Angela das Übel mit Augentropfen. In der Nacht hatte Angela schlimme Albträume, ihr Ehemann Stan weckte sie oft. Morgens konnte sich Angela an alle Vorkommnisse im Traum erinnern. Eigenartiger Weise sah sie immer Leichen vor ihrem sogenannten dritten Auge. Auch am Tag, und in der Nacht sogar Gesichter.

„Da reicht nun nicht mehr ein Augenarzt!", flachste Stan. „Da musst du wohl zum ...!" „Sprich nicht weiter!", stoppte ihn Angela. Mit den Tagen veränderte sich Angela. Sie trug nun eine dunkle Sonnenbrille, sie verhielt sich auch sehr zurückgezogen. Nun reichte sie auch noch unbezahlten Urlaub ein. Die Hausarbeit erledigte Angela nur noch mit Widerwillen. Als ihr auch noch mehr Haare ausfielen, quartierte sie sich im Gästezimmer ein. Die Tage vergingen. Die Kinder wurden vom Vater versorgt, Angela kam nicht mehr aus dem Zimmer, sie schloss sich ein. Die Familie sorgte sich sehr, auch Dr. Miller, Hausarzt der Familie, wurde nicht von Angela empfangen. Eines Nachts machte sich Stan daran, mit einem Draht den Schlüssel der Tür auf den Fußboden fallen zu lassen.

She also noticed a discoloration and thickening. At first, Angela fought the evil with eye drops. Angela had bad nightmares during the night, her husband Stan often woke her up. In the morning Angela could remember all events in the dream. Oddly enough, she always saw bodies in front of her so-called third eye. Even during the day, and even faces at night.

"There's no longer an ophthalmologist!", Stan shallowest. "You have to go to ...!" "Do not talk!", Angela stopped him. As the days changed, Angela changed. She now wore dark sunglasses, she was also very withdrawn. Now she also submitted unpaid leave. The housework Angela did only with reluctance. When she also had more hair, she lodged in the guest room. The days passed. The children were taken care of by the father, Angela did not come out of the room anymore, she locked herself in. The family was very worried, too. Miller, family doctor, was not received by Angela. One night, Stan set about using a wire to drop the door's key on the floor.

Vorher schob er ein Blatt der Tageszeitung unter die Tür durch. Es klappte, der Schlüssel fiel auf das Blatt, langsam zog Stan nun das Blatt mit dem Schlüssel zu sich. Vorsichtig und leise öffnete er die Tür. Nun schlich er zum Gästebett, Angela schlief fest, sie stöhnte. Sie trug eine Augenklappe, ihr Gesicht war geschwollen. Vor dem Bett lagen ihre wunderschönen Haare, alle waren ausgefallen. Stan erschrak, er nahm die Augenklappe von Angelas Kopf ab und schaltete die Nachttischlampe ein. Eine Todesangst hatte Stan, als er die verschrumpelte Gesichtshälfte mit den Narben und Pocken sah. Angela schlief weiter, stöhnte dabei, aber ein Auge schaute Stan an, es war ein grauenhafter Anblick, das war kein Auge, es war ein ganzer Organismus mit Augen und Mund. „Bezahlen werdet ihr alle dafür, bezahlen!", quietschte es aus dem verunstalteten Mund. Stan rannte aus dem Haus und übergab sich. Sofort rief er den Sheriff.

Das FBI schaltete sich ein. Die ganze Familie und das ganze Anwesen wurden unter Quarantäne gestellt.

Before, he pushed a sheet of the newspaper under the door. It worked, the key fell on the sheet, Stan slowly pulled the sheet with the key to him. Carefully and quietly he opened the door. Now he sneaked to the guest bed, Angela fell asleep, she groaned. She wore an eyepatch, her face was swollen. Before the bed lay her beautiful hair, all had failed. Stan was startled, he removed the eyepatch from Angela's head and turned on the bedside lamp. Stan was scared to death when he saw the wrinkled half of his face with the scars and smallpox. Angela continued to sleep, groaning, but one eye looked at Stan, it was a horrible sight, it was not an eye, it was a whole organism with eyes and mouth. "You will all pay for it, pay!", it squeaked out of the disfigured mouth. Stan ran out of the house and vomited. He immediately called the sheriff.

The FBI intervened. The whole family and the whole property have been quarantined.

Ja, nun sind sechs Monate vergangen. Angelas schönes Gesicht konnte nicht gerettet werden, die plastische Chirurgie tat aber ihr bestes. Aber sie lebt und die Familie wohnt nun in Canada.

Sie fragen nach der Ursache des ganzen? Eine der Firmen arbeitete mit hochgradigen Säuren. Sicherheitsvorschriften wurden nicht eingehalten. Arbeiter, die in Säurebecken fielen, wurden im Erdreich entsorgt. Arbeiter, die sich verätzten, wurden umgebracht. Auf dem Betriebsgelände wurden 186 Leichen gefunden, 34 Jahre gab es diesen Betrieb, wer weiß, was noch alles ans Tageslicht kommen würde. Der Besitzer stürzte sich am Tag der Durchsuchung in eines der riesigen Säurebecken.

Danke für Ihren Kauf und Ihr Interesse!

Renate & Uwe H. Sültz

Yes, six months have passed. Angela's beautiful face could not be saved, but plastic surgery did her best. But she lives and the family now lives in Canada.

You ask for the cause of the whole? One of the companies worked with high-grade acids. Safety regulations were not complied with. Workers who fell into acid basins were disposed of in the soil. Workers who burned themselves were killed. 186 bodies were found on the premises, 34 years there was this operation, who knows what else would come to light. The owner pounced on one of the huge acid basins on the day of the search.

Thank you for your purchase and your interest!

Renate & Uwe H. Sueltz